고전시가와 창의·융합문화

박진태

태학사

한국문학을 연구함에 있어서 극문학(劇文學)에 연구력을 집중하여『한국
고전극사』,『한국탈놀이의 미학』,『한국인형극의 역사와 미학』,『한국탈놀
이와 굿의 역사』를 차례로 상재한 다음에 작년에 서사문학에 대한 연구서로
『한국·중국·몽골의 서사문학』(공저)을 저술한 데 이어서 이번에 서정문학
에 대한 글들을 묶어서『고전시가와 창의·융합문화』를 출판하게 되었다. 고
전시가에 대한 연구 성과는『한국시가의 재조명』(공저, 1984)과『한국고전가
요의 구조와 역사』(1998)를 통하여 소개하였는데, 이번에 개인적으로 연구
사를 정리하는 입장에서 기존에 발표된 논문들을 대폭 수정·보완하고, 새로
쓴 글들을 보태어 최종판을 만들어보았다.

가요(歌謠)냐? 시가냐? 한시와 대립되는 우리말 노래(민요·향가·속요·시조·
판소리)는 가창성(歌唱性) 때문에 사변적이기보다는 정서적이고, 절차탁마보
다는 연행성이 더 농후하여 가요라 부르는 것이 더 적절하지만, 시가일도(詩
歌一道)의 관점을 취하면 '읽는 시'와 '부르는 노래'가 본질적으로 하나이므
로 용어의 변별성을 굳이 따질 필요가 없을 것 같아 '고전시가'를 사용한다.
서정시에 대한 연구는 일반적으로 정서와 미의식, 심상(心象), 운율, 비유와
상징 등에 치중하는데, 필자는 시상(詩想)의 전개 과정에 나타나는 서사성과
논리구조, 소재와 내용에 나타나는 언어문화와 다른 문화의 융합 현상에 특
별한 관심과 흥미를 느꼈다. 그리하여 결과적으로 고전시가문학의 창의성
과 융합성을 조명하는 성과를 거둘 수 있었다.

창의성의 중요성에 대한 인식은 1997년 영국에서 창의성 산업 특별위원회(Creative Industries Task Force)를 설립한 것이 대표적인 사례이다. 그리고 융합적 연구와 교육에 대해서는 1990년대 미국의 과학재단(NSF)에서 STEM(Science·Technology·Engineer·Mathematics)이란 개념을 정립하였고, 국내에서는 여기에 예술(Arts)을 추가하여 STEAM 프로젝트를 추진하였다. 필자도 인문학의 입장에서 CAST(Cultural Science·Arts·Science·Technology)를 제안한 바 있다. 단군신화를 일례로 들면, 인문학의 관점에서는 음양사상을, 예술의 관점에서는 천부신과 지모신의 신혼의례극(神婚儀禮劇)을, 과학의 관점에서는 태양과 동식물의 관계 및 쑥과 마늘의 성분과 효능을, 기술의 관점에서는 천부인(天符印)−청동거울·청동방울·청동칼−의 제조 기술을 통합적으로 연구할 수 있을 것이다.

이처럼 창의와 융합은 20세기 말엽부터 학문과 교육만이 아니라 경영, 예술, 스포츠, 광고 등 사회문화 전 분야에 걸쳐 주요한 화두가 되었다. 이러한 시대 조류를 감안하여 창의문화와 융합문화의 관점에서 책의 체재를 설계하고, 전공자만이 아니라 일반인도 접근하기 쉽게 논문의 형식을 벗어나서 평이하게 서술하였다. 아무쪼록 고전시가 작품들을 통하여 조상의 지혜와 문학적 감수성을 이해하고, 창의력과 문화 융합 능력을 학습하여 각자의 분야와 입장에서 활용하는 데 보탬이 되기를 기대해 본다. 이러한 취지에서 비록 아마추어 수준이지만 문화유산의 현장을 답사하고 지은 시를 『문화유산

특강과 답사시』(민속원, 2018)에 발표한 데 이어서 이번에도 창작시 몇 편을 부록으로 첨부한다.

2018. 8. 16. 말복의 폭염 속에서 우는 매미소리를 들으며

칠산(七山) 박 진 태 씀

머리말 · 3

제1부 창의문화로서 고전시가

제1장

향가의 말하기 유형

향가를 불교가요나 화랑노래로 보는 이도 있지만, 불교나 화랑도(花郎道) 사상과 관련이 없는 작품도 많기 때문에 간단하게 규정할 수 없다. 그래서 서라벌에서 창작되고 '아으' 감탄사로 시상을 종결하고 3구6명의 3단식 구성으로 되어 있는 10구체 향가를 기록문학적인 서라벌의 노래로 보고, 4구체와 8구체 향가를 구비문학적인 지방의 노래와 구분하기도 한다. 그런가 하면 서정적인 노래와 주술적인 노래로 분류하기도 한다. 그리하여 향가는 갈래적 개념이 아니라 '향찰로 표기된 신라와 고려 초기의 우리나라 노래'로 정의를 내리게 된다. 그런데 노래에서 일반적으로 작가의 사상과 감정이 시적 화자가 청자에게 대화하는 형식으로 표현되기 때문에 향가의 말하기 방식을 기원과 설득, 강요와 위협, 수용과 인정, 부정과 무시 등 네 가지 유형으로 구분할 수도 있다. 이러한 관점에서 향가를 분류하면 다음과 같다.

① 기원과 설득의 향가: 화자가 소망을 이루기 위해서 청자에게 기원하거나 청자를 설득하는 작품으로 도천수관음가, 원왕생가, 제망매가, 헌화가, 안민가, 모죽지랑가, 풍요 등이 있다.(처용가와 원가의 후반부도 포함된다.)

② 강요와 위협의 향가: 화자가 청자에게 특정한 행동을 강요하거나 위협

적인 태도를 취하는 작품으로 도솔가, 원가, 처용가 등이 있다.

③ 수용과 인정의 향가: 화자가 청자의 우월성을 인정하는 작품은 찬기파
랑가, 서동요 등이 있다.

④ 부정과 무시의 향가: 화자가 청자를 열등한 존재로 인식하고 무시하는
태도를 보이는 작품은 혜성가, 우적가 등이 있다.(서동요도 포함시킬 수
있다.)

1. 기원과 설득의 말하기

『삼국유사』 탑상(塔像) 편의 '분황사천수대비·맹아득안(芬皇寺千手大悲·盲
兒得眼)' 조에는 경덕왕 시대에 희명(希明)이라는 여자가 생후 5년 되던 해에
갑자기 실명한 딸을 안고 분황사의 천수관음 보살에게 가서 아이로 하여금
노래를 지어서 기도하게 시켰다고 하지만, 실제로는 희명이 노래를 지어서
아이로 하여금 부르게 하였을 것이다. 그렇지만 도천수관음가는 희명의 딸
이 화자가 되어 천수대비를 청자로 하여 기도하는 내용이다.

무릎을 낮추며

두 손바닥 모아,

천수관음 앞에

기구(祈求)의 말씀 두노라.

천 개의 손엣 천 개의 눈을

하나를 놓아 하나를 덜어

두 눈 감은 나니

하나를 숨겨 주소서 하고 매달리누나.

아아, 나라고 알아 주실진댄

어디에 쓸 자비라고 큰고.

ⓒ 김완진 해독

첫째 단락에서 무릎을 낮추어 복종과 숭배의 자세를 취하고 두 손을 모아 합심과 통일의 자세를 취하고 기도의 말을 고한다고 하고, 둘째 단락에서 기도의 말의 구체적인 내용을 밝혔다. 기도문은 "천 개의 손에 천 개의 눈을 가지고 계시므로 그중의 하나를 두 눈이 먼 나에게 달라"는 내용이다. 천수대비는 천 개의 눈을 가진 위대한 신이고 자기는 눈이 두 개가 모두 실명된, 연약하고 불행한 존재임을 강조하여 천수대비의 연민의 정을 유발하는 것이다. 그리고 셋째 단락에서 자기의 실명한 처지와 기도 행위를 안다면, 자비를 베풀어 달라고 청원한다. 이렇듯이 화자는 낮추어 겸손해지고, 청자는 높이어 칭송하며, 이것을 전제 조건으로 하여 반문하는 표현 방식으로 완곡하게 천수대비를 설득하였다. 이처럼 도천수관음가는 첫째 단락과 둘째 단락의 내용을 셋째 단락에서 조건절로 표현하여 '긍정적 조건 – 긍정적 결과'의 논리 구조를 보인다.

『삼국유사』 감통(感通) 편의 '광덕·엄장(廣德·嚴莊)' 조에는 광덕이 원왕생가를 부르며 수행을 하여 서방 정토에 왕생하였다고 기록되어 있다.

달이 어째서

서방까지 가시겠습니까.

무량수불전(無量壽佛前)에

보고의 말씀 빠짐없이 사뢰소서.

서원(誓願) 깊으신 부처님을 우러러 바라보며,

원왕생원왕생(願往生願往生)

두 손 곧추 모아

그리는 이 있다 사뢰소서.

아아, 이 몸 남겨 두고

사십팔대원(四十八大願) 이루실까.

◎ 김완진 해독

광덕이 화자가 되어 달을 청자로 하여 말한다. 먼저 광덕이 달에게 서방
으로 가는 이유를 묻는다. 이는 달의 직분을 일깨우는 질문이다. 달의 직분
은 무엇인가? 신라와 서방정토를 오가며 무량수불, 곧 아미타불에게 신라에
서 일어난 일을 보고하는 것이다. 아미타불은 누구인가? 법장비구가 중생
을 구제하기 위하여 48개의 서원(誓願)을 세우고 수행하여 아미타불이 되어
서방 극락정토에 상주하며 중생을 극락으로 인도한다고 하는데, 48원 가운
데 하나가 '염불왕생원(念佛往生願)'으로 '만약 내가 부처가 될 때 시방(十方)
중생이 지심(至心)으로 신락(信樂)하여 나의 나라에 태어나기를 원해 십념(十
念)하여도 만약 태어나지 못한다면 정각(正覺)을 위하지 않겠다.'라는 것이
다. 이런 연유로 광덕이 서방정토의 아미타불을 향하여 '원왕생 원왕생'을
외었으며, 이러한 사실을 달에게 아미타불에게 보고해 달라고 기원한 것이
다. 그리고 그러한 직무를 달이 수행하도록 설득함에 있어서 "이 몸 남겨 두
고 사십팔 대원을 이루실까?"라고 반문하는 표현법을 효과적으로 사용하였
다. 요컨대 도천수관음가와 원왕생가는 불보살(佛菩薩)에게 기원하는 노래
로 화자, 곧 기원자가 소망을 성취하기 위해서 청자, 곧 불보살의 위대성을
찬양하고 자신은 최대한 겸양의 태도를 보여서 불보살의 자비심에 호소한
다. 종교적인 설득 방법의 전범을 보인다. 그리고 제망매가도 같은 범주에
속한다.

생사(生死) 길은

예 있으매 머뭇거리고,

나는 간다는 말도

몯다 이르고 어찌 갑니까.

어느 가을 이른 바람에

이에 저에 떨어질 잎처럼,

한 가지에 나고

가는 곳 모르온저.

아아, 미타찰(彌陀刹)에서 만날 나

도 닦아 기다리겠노라.

◎ 김완진 해독

『삼국유사』「감통(感通)」편의 '월명사·도솔가(月明師·兜率歌)'조에 의하면 제망매가는 월명사가 누이동생이 죽었을 때 재(齋)를 지내며 불렀다고 한다. 첫째 단락에서는 이승에 살면서 생사의 갈림길에서 망설이는 법인데, 누이는 간다는 말도 다 말하지 못한 채 어찌 무정하게도 훌쩍 떠나갔느냐고 누이의 갑작스런 요절을 애통해하면서 동시에 자기 곁을 영영 떠나버린 누이를 원망하고, 둘째 단락에서는 같은 혈육으로 같이 살지 못하고 이승과 저승으로 갈라진 사실을 이른 가을철 나무의 낙엽에 비유하여 한탄하였다. 그리고 셋째 단락에서 불도에 정진하여 서방정토에서 만날 날을 기다리겠다고 서원(誓願)한다. 그런데 월명사가 극락정토에서 누이를 만나려면 누이가 먼저 극락왕생을 해야 한다. 따라서 "미타찰에 만날 나"는 '네가 미타찰에 먼저 가 있으면, 내가 너를 미타찰에서 만날' 것이라는 뜻이 함축되어 있다. 다시 말해서 '네가 서방정토에 가면, 나도 서방정토에서 너를 만날 날을 도를 닦으며 기다리겠다.'라고 말한 것이다. 그리하여 '(긍정적 조건) − 긍정적 결과'의 논리 구조를 유추할 수 있다.

제 망매가를 지어서 제사를 지내니 홀연히 바람이 불어 지전(紙錢)이 서방으로 날아가 사라졌다는 말은 누이의 넋이 서방 정토로 갔음을 의미한다. 곧 월명사가 미래에 서방정토에서 재회할 것을 맹세하자 누이가 서방 정토로 간 것이다. 월명사가 화자가 되어 이승에 집착하는 누이의 원혼을 청자로 하여 '미래를 약속하는 표현 방식'으로 설득한 것이다. 그런데 누이의 극락왕생은 원왕생가에서 알 수 있듯이 아미타불에 의해서 가능하다. 따라서 "미타찰에 만날 나"라는 말 속에는 아미타불에게 누이를 극락왕생을 시켜주면 월명사 자신도 아미타불을 숭배하며 수행에 정진하여 극락왕생을 이루겠다는 서원이 함축되어 있다. 곧 아미타불에게는 기원하고 누이는 설득한 것이다.

기원하기 없이 설득하기만으로 된 향가에 헌화가, 안민가, 풍요, 모죽지랑가 등이 있다. 먼저 헌화가는 『삼국유사』「기이(紀異)」편의 '수로부인(水路夫人)' 조에 기록되어 있다. 수로부인이 절벽에 핀 철쭉꽃을 원할 때 암소를 끌고 가던 노인이 꽃을 꺾어다 헌화가와 함께 바쳤다고 하고, 임해정에서 해룡이 나타나 수로 부인을 납치해 갔을 때에는 몽둥이로 언덕을 치며 해가를 불렀다고 한다. 이러한 기록은 "수로의 용모가 절세미인이어서 산과 못을 지날 때 (순정공이) 신물(神物)에게 여러 차례 빼앗겼다."라는 말을 근거로 추정할 때 산신이 수로부인을 신처(神妻)로 삼아 신성 결혼을 행하는 산신굿과, 수로부인이 용신과의 신성 결혼을 통하여 신적 존재로 성화(聖化)되는 용신굿이 거행된 사실을 전한다. 지금도 동해안 별신굿에서 산신굿과 용신굿이 연행되고 있다. 아무튼 헌화가는 산신이 수로 부인을 청자로 하여 부른 노래이고, 해가는 순정공 일행이 용신을 청자로 하여 부른 노래이다. 헌화가와 해가의 가사는 다음과 같다.

자주빛 바위 가에

잡고 있는 암소 놓게 하시고,

나를 아니 부끄러워하시면

꽃을 꺾어 바치오리다.   ◎ 김완진 해독

거북아! 거북아! 수로부인을 내놓아라.

남의 부녀자를 약탈하는 죄가 어찌 크지 않겠는가?

네가 만약 거역하여 내놓지 않으면

그물을 던져 붙잡아 구워먹겠다.   ◎ 필자 번역

　두 노래 모두 '~하면, ~한다.'는 통사 구조로 되어 있다. 그렇지만 헌화가
는 '거부하지 않고 수용하면 답례를 하고 축복을 하겠다.'라고 제안하여 '긍
정적 조건 - 긍정적 결과'의 논리 구조인데, 해가는 '요구를 거절하면 살해
하겠다.'라고 위협하여 '부정적 상황 가정 - 부정적 결과'의 논리 구조이다.
헌화가가 조건부적 표현으로 순응할 것을 설득한 노래라면, 해가는 가정법
의 표현 방식으로 협박하여 복종을 강요한 노래인 것이다.

　안민가는 『삼국유사』의 「기이」편 '경덕왕·충담사·표훈대덕(景德王·忠談
師·表訓大德)' 조에 기록되어 있는데, 가사는 다음과 같다.

군(君)은 아비요,

신(臣)은 사랑하시는 어미요,

민(民)은 어리석은 아이라고

하실진댄 민이 사랑을 알리라.

대중을 살리기에 익숙해져 있기에

이를 먹여 다스릴러라.

이 땅을 버리고 어디로 가겠는가

할진댄 나라 보전할 것을 알리라.

아아, 군답게 신답게 민답게

한다면 나라가 태평을 지속하느니라.

ⓒ 김완진 해독

안민가는 충담사가 3월 3일 삼짇날에 경주 남산 삼화령의 미륵세존에게 차를 바친 후 대궐의 귀정문의 누각에 올라 영승(榮僧)을 기다리던 경덕왕을 만나 지어 바친 노래라고 하는데, 경덕왕 24년에 오악과 삼산의 산신들이 대궐 뜰에 나타났다는 기록을 참고하면, 산신이 나타나 왕에게 계시를 내리는 산신굿이 불교적으로 변용된 삼짇날 행사에서 안민가가 창작된 것이다. 충담사가 삼화령 미륵세존에게 3월 3일과 9월 9일에 차를 바친다 하여 미륵신앙이 안민가의 사상적 배경이라는 사실만이 아니라, 경덕왕이 미륵부처를 숭상하며 수호하는 전륜성왕(轉輪聖王)이라는 사실까지도 시사한다. 곧 충담사가 경덕왕에게 전륜성왕이 되는 길을 안민가에 담아 가르쳐준 것이다.

안민가에는 충담사가 경덕왕에게 나라와 백성을 다스리는 길을 효과적으로 가르치기 위하여 가정법을 세 단락에서 모두 사용하였다. 첫째 단락에서는 '아버지 – 어머니 – 아이'의 가족관계를 '임금 – 신하 – 백성'의 신분 관계로 전이하면, 백성이 지배 계급에 대하여 부모의 사랑을 느낄 것이라고 말하고, 둘째 단락에서는 백성들이 국토를 떠나서 거주지를 구할 수 없다는 사실을 깨달으면, 삶의 터전인 나라를 지키려고 할 것이라고 말하였다. 그리고 셋째 단락에서 가부장제적 가족 질서를 토대로 왕권 전제정치 질서를 확립하면, 나라가 태평해지고 국토가 보전된다고 하였다. 이처럼 특정한 조건이 충족되면 긍정적인 결과를 초래할 것이라는 논리 전개 방식을 사용하여 충담사가 경덕왕에게 가부장적 임금이 되라고 설득하였다. 『삼국유사』에 의하면, 원광이 귀산과 추항에게 세속오계를 가르쳐 화랑의 행동 강령으로 삼게 하였는데, 충담사도 경덕왕에게 왕권 전제정치의 이론적 근거를 안민가로 제공한 것이다.

풍요는 『삼국유사』「의해(義解)」편의 '양지사석(良志使錫)' 조에 기록되어 있는데, 가사는 다음과 같다.

온다 온다 온다
온다 서러운 이 많아라.
서러운 중생의 무리여.
공덕(功德) 닦으러 온다.   ⓒ 김완진 해독

양지가 영묘사의 장륙삼존상(丈六三尊像)을 만들 때 남녀가 진흙을 운반하면서 부른 노동요다. 화자는 노동에 동원된 남녀로 서라벌 사람들을 포함해서 온 세상의 서러움이 많은 사람들이 공덕을 닦으러 올 것이라고 예언하였다. 곧 미래에 일어날 사건을 현재화하여 '온다'로 표현한 것이다. 그런데 이러한 예언에는 '우리가 장륙삼존상을 만들면'이라는 조건을 전제로 하고 있다. 다만 잠복되어 있을 따름이다. '(긍정적 조건) - 긍정적 결과'의 논리 구조다. 요컨대 풍요는 서러움이 많은 사람들이 공덕을 닦으러 올 것이니, 노동의 고통을 잊고 정성을 다하여 장륙삼존상을 만들자고 진흙을 운반하는 남녀를 설득하는 노래인 것이다. 그리고 노동자가 노동을 하며 부른 노래이므로 화자가 청자가 되고, 청자가 화자가 된다. 곧 동료 노동자들만이 아니라 자신도 설득하는 노래인 것이다.

모죽지랑가는 『삼국유사』 「기이」 편의 '효소왕대 죽지랑(孝昭王代 竹旨郞)' 조에 기록되어 있다.

지나간 봄 돌아오지 못하니
살아 계시지 못하여 우올 이 시름.
전각(殿閣)을 밝히오신
모습이 해가 갈수록 헐어 가도다.
눈의 돌음 없이 저를
만나보기 어찌 이루리?
낭(郞) 그리는 마음의 모습이 가는 길
다북 굴헝에서 잘 밤 있으리.

◎ 김완진 해독

죽지랑의 낭도인 득오가 익선에게 강제 징용되어 고초를 겪을 때 죽지랑이 온갖 수모를 겪으면서도 면회를 성사시킬 정도로 둘 사이는 신의가 두터운 관계였다. 모죽지랑가의 창작 시기에 대해서는 여러 가지 주장이 있으나 '전각'이나 '다북쑥 구렁텅이'와 같은 죽음과 관련된 낱말이 사용된 점에서 죽지랑의 사후에 득오가 추모하며 지은 추도가(追悼歌)로 봄이 온당하다.

모죽지랑가에서 우선 "지나간 봄 돌아오지 못하니"라고 하여 순환적 시간관이 아니라 일직선적 시간관을 보이는 점에 주목해야겠다. 왜냐하면 이러한 시간관에 의해서 득오가 죽지랑을 저승에서 이승으로 불러오는 대신 자신이 죽지랑을 만나러 이승에서 저승으로 가려고 하기 때문이다. 죽은 죽지랑을 추모하기 위해서 건립한 사당 안의 영정은 한낱 우상에 불과하므로 세월이 흐르면 퇴색하고 훼손된다. 따라서 죽지랑의 불멸의 영혼과의 재회는 사당에서 가능하지 않고, 눈을 저승으로 돌려야만 가능하다. 득오는 그러한 자명한 이치를 자신에게 설득하기 위해서 "~어찌 이루리?"라는 반문하는 표현법을 사용하였다. '눈의 돌림이 없다면, 죽지랑을 만나보기를 이루지 못할 것이다'라는 뜻으로 '부정적 조건 – 부정적 결과'의 논리 구조로 설득한 것이다. 그런데 이를 뒤집으면 '눈의 돌림이 있다면, 죽지랑을 만나보기를 이룰 것이다'라는 뜻이 되어 '긍정적 조건 – 긍정적 결과'의 논리 구조로 설득한 것이 된다. 저승의 죽지랑을 추모하는 마음의 행로(行路)는 밤이면 다북쑥 구렁텅이에서 잠을 자야 할 정도로 멀고도 험난한 여정이 될 것이다. 그렇지만 죽지랑을 추모하는 득오의 마음은 지극하여 비록 퇴색해가는 전각의 영정에 절망하지 않고, 또는 세인의 죽지랑 숭배가 날로 열기가 식어감에도 불구하고, 죽음을 초월하여 신의를 지키려는 충정(衷情)과 결연한 의지를 다짐한다.

이상에서 살펴본 바와 같이 헌화가·안민가·풍요·모죽지랑가는 '긍정적 조건 – 긍정적 결과'의 논리 구조로 설득하는 표현 방식을 취하였는데, 헌화가와 안민가는 '~하면, ~한다.'는 통사 구조의 형식을 취하였고, 이와 달리 풍요는 단정적인 서술 방식을, 모죽지랑가는 반문 형식을 취하였다.

2. 강요와 위협의 말하기

위협하여 강요하는 향가 유형은 설득하는 향가 유형과는 대조적으로 화자가 청자에게 강압적으로 요구하여 자신의 의지를 관철시키는데, 도솔가, 원가, 처용가 등이 이에 속한다.

오늘 이에 산화(散花)〔가(歌)를〕 불러

날려 보내는 꽃아, 너는,

곧은 마음의 명(命)에 부리워져

미륵좌주(彌勒座主) 모셔라.　　　　　　　　　　　　　◎ 신재홍 해독

　『삼국유사』「감통」편의 '월명사·도솔가' 조에 의하면, 경덕왕 19년(760년) 4월 초하루에 해가 둘이 나타나 열흘 동안 없어지지 않으므로 제단을 만들고 연승(緣僧)을 기다리자 월명사가 나타나 도솔가를 지어서 바치니, 일괴(日怪)가 소멸되고 미륵동자신이 현신하였다고 한다. 도솔가는 월명사가 화자가 되고 꽃을 청자로 하여 꽃에게 도솔천에 가서 미륵좌주를 모시고 오라고 명령하여 '환기법 – 명령법'의 어법으로 된 주가(呪歌)다. 그런데 도솔가의 특징은 꽃이 주술 매체로서만이 아니라 불교의 산화공덕으로 공중에 날려 보내는 꽃이고, 미륵좌주를 모시는 것은 꽃을 뿌리는 주술 행위에 의해서만이 아니라 곧은 마음의 명령에 의해서이기도 하다고 하여 주술 사상과 불교 사상이 융합되어 있는 점이다. 다시 말해서 꽃을 날려 보내는 주술 행위와 산화를 하여 공덕을 쌓는 불교적 행위가 동시에 행해지고, 꽃에게 명령하는 주술 행위와 곧은 마음으로 명령하는 불교적 행위가 동시에 행해지고, 도솔가는 이러한 네 개의 행위가 두 개의 의미 층위를 구성한 무불습합적(巫佛褶合的) 향가인 것이다. 그리하여 꽃으로 하여금 미륵좌주를 모시게 하는 강제력은 주력과 아울러 미륵좌주가 해 두 개가 나란히 뜨는 일괴(日怪)를 해결할 권능을 지녔다는 신앙심(信仰心)의 힘에서 연유한다. 곧 도솔가의 강제력은 화자가 청자에게 언어만이 아니라 미륵부처에 대한 직심(直心)으로 명령하는 데서 작동된다.

　원가는 『삼국유사』「피은(避隱)」편의 '신충괘관(信忠掛冠)' 조에 의하면 신충이 창작하여 잣나무에 붙이니 잣나무가 노랗게 말라죽었다고 하여 화자

는 신충이고, 청자는 잣나무임이 분명하다. 그러나 원가를 효성왕(737~742)이 읽어 보고 신충을 불러 약속을 이행하였다고 하여 효성왕이 원가의 제 2차적 청자임도 분명하다. 이러한 청자의 이중성은 효성왕이 신충에게 "내가 만약 그대를 잊으면 잣나무와 같을 것이다."라고 말한 데서 연유한다. 효성왕이 왜 등극하기 전에 신충과 후일을 도모하면서 잣나무를 걸고서 맹세하였을까? 효성왕이 잣나무와 자신을 동일시하였는데, 이것은 잣나무의 속성과 자신의 본성을 동일시했기 때문이다. 이러한 사실이 원가의 첫째 단락에서 확인된다.

질(質)좋은 잣이
가을에 말라 떨어지지 아니하매,
너를 중히 여겨 가겠다 하신 것과는 달리
낯이 변해 버리신 겨울에여.

◎ 김완진 해독

"타일(他日)에 내가 만약 그대를 잊으면 잣나무와 같을 것이다."라는 말이 좋은 잣나무는 가을에 열매가 말라서 떨어지지 않듯이 효성왕과 신충의 신의(信義)의 끈도 끊어지지 않을 것이라고 효성왕이 신충에게 서약을 한 것이다. 그러나 가을이 가고 겨울이 오듯이 효성왕이 잠저(潛邸)에서 대궐로 들어간 이후에는 효성왕이 신충을 배신하였으니, 이러한 사실을 '낯이 변해 버린 겨울'로 상징하였다. 그런데 효성왕이 잣나무와 자신을 동일시하였기 때문에 왕의 변색(變色), 곧 변심(變心)은 잣나무의 변성(變性), 곧 변색을 유발하는 법이다. 그리하여 원가를 잣나무에 부착했을 때 잣나무가 노랗게 말라죽은 것이다. 원가의 주술성은 바로 "낯이 변해 버리신 겨울이여"에서 발생한 것이다. 발생하지 않은 현상을 언어로 진술하니 실제로 그러한 현상이 발생한 것이다. 언어 주술에 의한 저주가 현실로 나타난 것이다. 효성왕이 공포심을 느낀 것은 바로 원가의 이러한 주술적 효험이 현실에서 발생한 사실을 확인하였기 때문이다. 다시 말해서 잣나무의 낯이 변할 것이라 한 말이 현실화하였듯이 잣나무의 변색과 죽음이 자신의 변색, 곧 몰락을 가져올 것이라는 주술적 사고를 효성왕이 한 것이다. 효성왕이 "타일에 내가 만약 그대를 잊으면 잣나무와 같을 것이다."라고 서약한 것도 이러한 주술 신앙에 근거하고 있고, 그 말을 들은 신충이 자리에서 절을 하여 답례한 것이나 효성왕이 배신하자 원가를 잣나무에 붙인 행동도 모두 이러한 주술 신앙에 근거하고 있다.

그러나 원가의 둘째 단락에는 서정성이 풍부한 표현법이 구사되었다.

달이 그림자 내린 연못 갓
지나가는 물결에 대한 모래로다.
모습이야 바라보지만
세상 모든 것 여희여 버린 처지여.

ⓒ 김완진 해독

효성왕의 총애를 상실한 자신의 처지와 세파에 시달리며 상처받은 마음을 연못에 비친 달을 바라보며 물결에 씻기는 모래에 비유하였다. '달 – 물결 – 모래'와 '효성왕 – 정적(政敵) – 신충'이 은유 관계를 이루는 서정적 표현이다. 이처럼 원가는 주가와 서정시가 결합된 복합구조로 되어 있다. 다만 낙구가 망실되어 주술과 서정이 어떻게 융합되어 시상을 종결하였는지는 수수께끼로 남게 되었다. 그럼에도 불구하고 원가의 강제력은 참요적 표현에 의한 협박과 신세타령에 의한 동정심 유발에서 기인한다는 지적은 가능하다. 동정심 유발은 청자의 자비심에 호소한다는 점에서 기원적인 설득의 일종이다. 곧 원가는 강요하기와 설득하기가 혼합되어 있다.

『삼국유사』「기이」편의 '처용랑·망해사(處容郎·望海寺)' 조에 의하면 헌강왕 시대(875~886)에 역신이 처용 아내의 미모를 흠모하여 처용이 없는 틈을 타서 동침하였는데, 그때 처용이 돌아와 처용가를 부르고 처용무를 추었다고 한다.

> 동경(東京) 밝은 달에
> 밤 지도록 노니다가
> 들어서 자리에 보니
> 가랑이가 넷이어라.
> 둘은 내 해이고
> 둘은 뉘 핸고?
> 본디 내해이다마는
> 앗은 걸 어찌하리요?
>
> ◎ 서재극 해독

처용가는 세 개의 통사로 되어 있다. 첫 번째 통사는 역신과 처용 아내가 동침하고 있는 문제적 상황을 서술하고 있다. 잠자리에 아내의 다리 두 개만 있어야 하는데, 네 개의 다리가 있으니, 처용에게는 심각한 문제가 아닐 수 없는 것이다. 두 번째 통사는 두 개의 다리는 자기의 아내 것인데, 나머지 두 개의 다리는 누구의 다리인지 궁금해 하는 내용이다. 곧 처용이 문제적 상황을 일으킨 장본인의 정체를 규명하려고 한다. 세 번째 통사는 처용이 역신을 향하여 한 말로 문제의 해결을 시도한다. '문제적 상황 인지 – 문제의 원인 규명 – 문제의 해결 시도'의 논리 구조로 되어 있는 것이다. 학계에서는 문제 해결의 방식을 세 가지로 보는데, "본디 내 것인데 빼앗는 것을 어찌 (감히) 하느냐?"라고 질책하고, 반환하지 않으면 참살하겠다고 협박하는 말로 해석하면, 항의와 질책에 의한 강요와 위협의 말하기가 된다. 그러나 "본디 내 것인데 빼앗은 것을 어찌할꼬?"로 역신의 도전에 어떻게 응전해야 할지를 고민하는 것으로 보면, 처용이 분노하여 역신을 참살하지 않고 선과 악을 아우르는 관용과 포용정신을 베풀어 화해하고 공존하는 대타협과 대통합을 이룩한 것이라는 해석이 가능하다. 역신의 존재를 인정하고 신적 권위를 일정부분 수용하는 태도를 보인다는 것이다. 그런가 하면 '본디 내 것이지마는 한번 빼앗긴 것을 어찌하겠느냐? 별 수 없지 않은가?'라고 자조(自嘲)하고 체념하는 말로 해석하기도 한다. 질책이냐? 관용이냐? 체념이냐? 이것은 화자(처용)가 청자(역신)와의 위상 관계를 어떻게 의식하느냐에 달린 문제이다. 처용이 역신에 대하여 절대적으로 우월하다고 보면, 질책과 위협의 말하기가 된다. 그러나 처용이 역신의 신성(神性)을 인정하여 상대적인 수평 관계를 취하는 것으로 보면, 불교의 자비사상과 '싸움굿-화해굿'의 구성 원리를 융합하여 관용과 포용을 실천하는 설득의 말하기가 된다. 그리고 처용을 역신의 도전을 받고 체념하는 무력한 인간으로 보면, 수용과 인정의 말하기가 된다. 필자는 초기에는 첫 번째 입장을 취하였으나 나중에 두 번째의 입장으로 바꾸었다.

3. 수용과 인정의 말하기

『삼국유사』「기이」편의 '경덕왕·충담사·표훈대덕' 조에 의하면, 충담사가 경덕왕에게 안민가를 지어 바치기 이전에 이미 찬기파랑가를 창작한 것으로 나타난다.

열치매

나타난 달이

흰 구름 좇아 떠감이 아니야?

새파란 내에

기랑의 모습이 있어라 !

이로 냇가 조약에

낭의 지니시던

마음의 끝을 좇과저.

아으, 잣 가지 드높아

서리를 모르올 화랑장(花郎長)이여!

◎ 양주동 해독

찬기파랑가는 충담사가 달과 문답하는 형식이기 때문에 충담사가 제1차적 화자이고, 달이 제1차적 청자인 첫 번째 단계에서, 달이 제2차적 화자가 되고 충담사가 제2차적 청자가 되는 두 번째 단계로 이행한다. 여기서 기파랑에 대한 인정은 달에 의해서 이루어진다. 달이 무상(無常)한 부귀영화를 상징하는 흰 구름을 좇지 않고 새파란 냇물과 둥근 조약돌이 상징하는 기파랑의 영원불변하고 강건(剛健)하고 원만융통한 마음을 좇는다고 말하면서 서리에도 굽히지 않는 지조를 찬양함으로써 기파랑이 충효신용인(忠孝信勇仁)의 다섯 가지 덕목 중에서도 특히 신의를 중시하는 화랑임을 인정하였다. 문장 표현법으로는 감탄형 종결법이 주로 사용되었다.

『삼국유사』「기이」 편의 '무왕(武王)' 조에 의하면 무왕이 서라벌에 가서 아이들에게 서동요를 부르게 하니, 선화공주가 대궐에서 쫓겨나고, 그래서 선화공주에게 접근하여 결혼하였다고 하여 서동요가 주가이기보다는 참요(讖謠)임을 시사한다.

선화공주(善化公主)님은

남 몰래 짝 맞추어 두고

서동(薯童) 방을

밤에 알을 안고 간다. ◎ 김완진 해독

　선화공주가 서동과 밤마다 밀회를 한다는 말은 선화공주가 서동을 배필로 인정하고 선택하였음을 의미한다. 이는 달리 말하면 서동이 선화공주의 배필로서의 자격과 능력을 갖춘 인물이라는 뜻이다. 선화공주가 서동의 자격과 능력을 인정하고 배우자로 선택하였다는 말은 선화공주가 지감(知鑑)이 있는 여인이라는 말이다. 서동요는 선화공주의 지혜와 용기를 칭송하는 노래가 된다. 이러한 해석은 서라벌 아이들이 선화공주와 서동이 출중하고 탁월한 인물들이라고 인정할 경우이고, 반대로 아이들이 선화공주가 정숙하지 못하여 건달 서동과 야합하고 있다고 폭로하고 야유하는 노래로 보면 무시하기의 노래가 된다. 아이들이 허위 사실을 조작하여 소문을 퍼뜨린다고 보아도 마찬가지이다. 이처럼 서동요는 인정하기와 무시하기의 양면성을 지니고 있다.

4. 부정과 무시의 말하기

　『삼국유사』「감통」편의 '융천사·혜성가·진평왕대(融天師·彗星歌·眞平王代)'조에 의하면 거열랑·실처랑·보동랑 세 화랑들이 풍악산(楓嶽山)에 유람하러 가려고 할 때 혜성이 나타났으나 융천사가 혜성가를 부르니 혜성도 사라지고 왜군도 퇴각하였다고 한다.

첫째 단락에서는 왜군의 침공 사실을 부정하고, 둘째 단락에서는 혜성의 출현을 부정하였다. 이처럼 혜성가의 주술성은 언어적 표현에 의하여 실제적인 현상을 부정하여 그 현상이 소멸한 결과를 초래한 데서 확인된다. 융천사가 화자가 되어 왜군이 침공하였다고 보고한 사람과 혜성이 출현하였다고 불안해하는 사람들을 청자로 하여 '건달파가 논 성을 보고 왜군이라고 말한다.', '세 화랑이 갈 길을 쓸 별을 보고 혜성이라고 말한다.'라고 역설하는 식으로 왜군과 혜성의 존재를 부정하여 실제로 그들의 부재를 초래하려는 전략을 구사하였다. 그런데 이러한 언어 전략은 화자가 청자에 대해 심리적·지적 우월 의식을 품고서 부정하고 무시할 때 가능하다. 그리고 이러한 화자의 태도는 우적가에서도 나타난다.

제 마음의
모습이 볼 수 없는 것인데,
일원조일(日遠鳥逸) 달이 난 것을 알고
지금은 수풀을 가고 있습니다.
다만 잘못된 것은 강호(强豪)님,
머물게 하신들 놀라겠습니까.
병기(兵器)를 마다 하고
즐길 법(法)을랑 듣고 있는데,
아아, 조그만 선업(善業)은
아직 턱도 없습니다.
◎ 김완진 해독

『삼국유사』「피은」편의 '영재우적(永才遇賊)' 조에 의하면 원성왕 시대 (785~798)에 영재가 지리산에 은거하려고 대현령 고개를 넘다가 도둑떼를 만났을 때 우적가를 불러 교화시켰다고 한다. 첫째 단락에서는 마음은 본래 볼 수 없지만 광명한 달이 떠서 밤의 숲길을 가고 있다고 하여 어두운 밤에 온 누리를 밝히는 달에서 우매한 중생을 제도하는 부처님의 명징(明澄)한 지혜를 깨닫는 구도자의 모습을 보인다. 둘째 단락과 셋째 단락에서는 영재의 입산수도의 발길을 가로막고 재물을 약탈하고 목숨을 위협하는 악행을 잠시 유예하고 향가를 경청하는 행위가 작은 선업이기는 하지만 부처님의 가르침을 배워 실천하고 공덕을 쌓아 성불하는 수행 과정에서 보면 아직 턱도 없다고 조롱하였다. 곧 영재는 물욕을 초월하고 속세와의 인연을 단절한 구도자로서 정신적·도덕적 우월감을 가지고 남의 재물을 강탈하고 인명을 살상하는 도둑들의 우매와 탐욕을 조소하며 시종일관 무시와 훈계의 태도를 견지하였다. 그리하여 "조그만 선업(善業)은 아직 턱도 없습니다."라고 조롱조의 어조로 단정적으로 말하였다. 이처럼 우적가는 무시하는 말하기 방식의 전형을 보인다.

부정과 무시의 말하기는 화자가 청자에 대해서 심리적 우월의식을 느낄 때의 말하기 방식이고, 강요와 위협의 말하기도 마찬가지이다. 반면에 기원과 설득의 말하기 및 수용과 인정의 말하기는 화자가 청자에 대해서 열등의식을 느낄 때의 말하기 방식이다. 그런가 하면 기원과 설득의 말하기 및 강요와 위협의 말하기는 화자가 청자에게 적극적인 의지를 표명하는 말하기 방식이고, 수용과 인정의 말하기 및 부정과 무시의 말하기는 소극적인 의지를 표명하는 말하기 방식이다. 이처럼 화자의 청자에 대한 심리적 태도와 의지의 표명에서 각각 대립 양상을 보인다. 화자와 청자의 이러한 관계를 도식으로 나타내면 다음과 같다.

적극적 의지

기원과 설득	강요와 위협

열등의식 ─────────────── 우월의식

수용과 인정	부정과 무시

소극적 의지

| 제2장 |

정읍사의 순환 구조

　백제 지방에서 창작된 가요는 정읍사, 선운산가, 방등산가 등이 있었으나, 정읍사만 가사가 전해진다. 백제는 고구려에서 남하한 온조 일행이 하남 위례성에 정착하고서 지속적인 남진 정책으로 마한 지역을 병탄하였는데, 온조왕 시대에는 웅진강(금강) 이북만 차지하다가 고이왕 시대(290년)에 노령산맥 이북까지 진출하여 익산에 황등제, 김제에 벽골제, 고부에 눌제와 같은 저수지를 축조하여 벼농사를 진흥함으로써 남진 경략의 병참 기지로 만들었고, 마침내 근초고왕이 노령산맥 이남으로 진출하여 369년에 전라남도의 해안까지 판도를 넓혔다. 따라서 백제 가요는 이러한 백제의 영토 확장 과정에서 노령산맥 일대에서 백제 문화와 마한 문화가 충돌하고 융합하면서 정신적 상처가 서정문학으로 승화되어 백제 가요 산출의 요람이 된 것으로 추정된다.

　정읍사는 정읍 지방에서 전승되던 민요가 고려의 궁중 음악에 수용되어 정재(呈才)로 개작된 것인데, 가사는 『악학궤범(樂學軌範)』에 기록되어 있다. 가사가 "어긔야 어강됴리 아으 다롱디리"를 후렴구로 하여 세 개의 단락으로 되어 있는데, 후렴구와 감탄사를 제외하고 가사만 분석해 본다.

　　달아 높이높이 돋아(둘하 노피곰 도두샤)

멀리멀리 비추소서(머리곰 비취오시라)

전주시장에 가셨는지요(전(全) 져재 녀러신고요)

진 곳을 디딜세라(즌 디롤 드디욜셰라)

『고려사』의 「악지(樂志)」에는 정읍사의 창작 동기에 대해서 "현(縣)에 사는 한 사람이 행상을 나가 오래도록 돌아오지 않으므로 그 아내가 산위의 바위에 올라가 기다리며 남편이 밤길에 해를 입을까 두려워하여 흙탕물에 더럽혀지는 것에 가탁해서 노래를 불렀다(縣人爲行商 久不至 其妻登山石 以望之 恐其夫夜行犯害 托泥水之汚 以歌之)."라고 기록하였다. 정읍에 사는 행상인의 아내가 달밤에 고갯마루에 올라 남편의 안위(安危)를 걱정하여 부른 노래인데, 강도나 호환(虎患)과 같은 야행의 위험을 흙탕물에 더럽혀지는 것으로 상징하였다고 하여 정읍사 가사의 해석을 위한 단서를 제공하고 있다. 이러한 문헌기록에 근거하면 첫째 단락은 행상인의 아내가 달에게 하늘 높이 떠올라 남편이 밤길을 가는 먼 데까지 밝게 비추어 달라고 기원하는 말이고, 둘째 단락은 전주 시장으로 행상나간 남편이 밤길에 위해(危害)를 당할까 염려하는 말이 된다. 먼저 달에게 기원하고, 다음에 남편의 안위를 염려하는 불안한 마음을 표현하였는데, 논리적으로는 불안감을 해소하기 위해서 초인간적 존재에게 기원한 것이므로 '결과-이유'의 인과 관계가 된다. 단도직입적으로 달에게 해결책을 요구한 다음에 남편이 처한 문제적 상황을 이유로 밝혔는데, 문제는 지상의 인간에 의해서 발생하고, 해결은 천상의 초인간적 존재에 의해서 가능하다는 사고방식을 보이는 점에서 백제 여인의 달을 향한 종교적 심성을 엿볼 수 있게 한다. 전주 시장에 오가는 길은 특히 밤에 위험 요소가 많다. 그런데 전주 시장에 오가면서 행상에 종사하는 행위는 행상인의 물질적 소유욕에 기인하고, 더러운 진흙탕으로 상징되는 위험한 밤길은 행상인의 물욕 때문에 초래된 응보이기 때문에 지상 세계의 인간의 욕망은 천상 세계의 청정(淸淨)하고 명징(明澄)하고 원만(圓滿)하고 융통(融通)한 보름달과 극명하게 대립된다.

보름달은 신화적으로는 풍요와 충족 및 영원불변을 의미하지만, 어두운 밤을 밝히는 점에서는 빛과 광명의 근원이다. 다시 말해서 정읍사의 보름달은 고구려 고분 벽화에 나타나는, 두꺼비가 들어있는 달을 들고 있는 월신(月神)처럼 신격화된 달이 아니고, 애니미즘 단계에서 인간과 교감하는 천체로서 인간의 원초적인 종교적 심성에 의해서 숭배와 기원의 대상이 되는 달이다. 그리하여 '하늘-달-빛-안전'과 '땅-인간-어둠-위험'의 대립 관계를 이루고, 지상의 인간의 위험한 상황을 천상의 달의 밝은 빛으로 해결하려는 것이다. 그러나 정읍사는 인간 문제를 종교적 방법만으로 해결하려고 하지 않고, 마지막 단락에서 소유욕을 절제하는 인간의 의지로 극복하려는 현실주의적인 사고방식도 보이는 점에서 정신사적 진화의 단계를 반영하였다.

  어디에 다 놓으십시오(어느이 다 노코시라)
  내가 가는 곳이 저물세라(내 가논 디 졈그롤셰라)

셋째 단락에서 아내가 남편에게 야행(夜行)을 멈추고 어느 지점에든지 행상 보따리를 내려놓으라고 요구하는데, 그 이유는 진 곳을 디딜지도 몰라 두렵다는 둘째 단락일수도 있지만, 마지막 구절에 표현되었듯이 아내가 남편의 마중을 나가는 길에 달이 지고 날이 저물까 두려워하는 마음 때문이라는 해석도 가능하다. 셋째 단락 안에서 '결과-이유'의 인과 관계가 성립하는 것이다. 그리하여 첫째 단락과 둘째 단락 사이의 논리적인 인과 관계가 셋째 단락에서 다시 한 번 더 반복되는 것이다. 그리고 이러한 의미론적인 논리적 인과 관계는 '-라'의 명령형 종결어미와 '-ㄹ세라'의 의구심을 나타내는 서술형 종결어미가 호응하는 어법으로 언어화되었다. '결과$_1$(첫째 단락)-이유$_1$(둘째 단락)-결과$_2$(셋째 단락 첫 구)-이유$_2$(셋째 단락 둘째 구)'의 논리 구조인데, 이유$_1$을 결과$_1$의 이유로 보면 도치된 것이지만, 이유$_1$로 인하여 결과$_2$가 초래되었고, 이유$_2$의 결과가 결과$_1$이라고 보면, 정읍사는 순환 구조가 된다. 다시 말해서 진 곳을 디딜까 두려우니 어디에든지 모두를 내려놓으라고 요구하고, 아내가 가는 길이 저물까 두려우니 달에게 높이 떠올라 멀리 비추라고 기도하는 것으로 볼 수도 있는 것이다. 이러한 순환 구조는 달이 뜨고(빛) 지고(어둠), 차고(재생) 기우는(죽음) 현상만이 아니라 달마다 주기적으로 반복되는 여성의 생리 현상과도 관련되므로 달노래이면서 여성의 노래인 정읍사의 구조 원리로 자연스럽게 선택되었을 것이다. 하여튼 진 곳을 디디는 위험을 피하기 위해서 달에게 높이 솟아 멀리 비추어 달라고 기원하는 한편 남편에게는 어디에든지 행상 보따리를 내려놓고 안전을 도모하라고 요구하는 점에서 달을 숭배와 기원의 대상으로 삼는 종교적 심성과 남편의 욕망을 절제시키는 이성적이고 합리적인 사고를 지닌 여인의 모습을 보인다. 그리고 그러한 여인이 개인적 차원에서 달을 수호신으로 하여 남편의 안전만이 아니라 자신의 안전도 보장받으려 하였기 때문에 정읍사는 지역 공동체의 종교주술적인 노래가 아니라 개인적인 서정적인 노래가 되었다.

정읍사는 어둠과 빛이 대립되고, 하늘과 땅이 대립되고, 행상인의 안전을 위협하는 '진 곳'과 행상인의 안전을 보장하는 달이 대립된다. 곧 '하늘-달-안전'과 '땅-진 곳-위험'이 대립 체계를 이룬다. 행상인과 아내가 사는 지상계에는 위험이 있고, 이 위험으로부터 부부를 보호할 수 있는 존재가 천상계의 달인데, 이러한 대립 구조가 서사적으로 표현된 것이 민담(民譚) '해와 달이 된 오누이' 이야기이다. 호랑이가 품팔이를 하고 집에 돌아오는 어머니를 잡아먹고, 어머니 흉내를 내어 오누이까지 잡아먹으려 할 때 오누이가 꾀를 내어 호랑이의 위험으로부터 벗어나 나무위에 올라가 하느님에게 기도하여 밧줄을 타고 승천한 다음에 해와 달이 되는데, 하느님의 아들이 하늘에서 나무를 타고 내려와 호랑이를 교화하려고 한 단군신화와 대척 관계를 이룬다. 다시 말해서 단군 신화는 하늘에서 신이 내려와 지상의 악 호랑이를 교화하여 인간으로 만들려고 하는 데 반해서 해와 달이 된 오누이는 지상의 악 호랑이의 위험을 피하여 하늘로 승천하여 야행성 동물 호랑이로부터 도피하는 바, 하늘의 신의 의지가 땅에서 실현되는 신화적 세계관과 땅의 인간의 의지가 하늘에서 실현되는 민담적 세계관의 차이를 보인다. 그러나 호랑이로 상징되는 지상의 인간의 삶의 위험 요소를 천상의 달이 제거하는 점에서는 일치한다. 아무튼 '빛-선-하늘-달-안전-행복'이 '어둠-악-땅-진 곳-위험-불행'과 대립하는데, 빛의 근원인 달을 대상으로 하여 소망과 기도의 노래를 부름으로써 달을 매개로 하여 남편과 교감하고, 지상의 어둠에 기인하는 자신의 불안감과 의구심을 해소하는 점에서 기원적이고 치유적인 서정시의 전범(典範)을 보여준다.

달을 소재로 한 노래는 신라의 향가에서 다수 발견된다. 원왕생가(願往生歌)와 찬기파랑가(讚耆婆郎歌), 원가와 처용가에 달이 소재로 사용되었다. 처용가의 달은 정읍사의 달과 마찬가지로 원시신앙적인 달로 볼 수 있지만, 원왕생가의 달은 불교화된 달이고, 찬기파랑가는 의인화된 달이고, 원가의 달은 감정이입의 달이다. 향가의 달은 모두 보름달로 보인다. 그러나 고려가요 정과정곡에는 그믐달이 의인화되어 있다. 달에 대한 미적 취향이 달라진 것이다. 보름달은 원만하고 융통한 모습으로 풍요와 충족과 영원을 상징하는 데 반해서 보름달이 하현달을 거쳐 기울어진 그믐달은 잔여(殘餘)의 형태

정읍시의 정읍사공원에 백제 여인의 모습을 한 망부상(望夫像)이 건립되어 있다.

와 희미한 빛 때문에 한(恨)의 정서를 유발한다. 원가의 보름달은 물결에 의하여 이지러진 모습이기 때문에 그믐달과 같은 심상을 지닌다. 아무튼 정과 정곡의 그믐달은 고려 말엽 이조년(李兆年: 1269~1343)의 시조에 오면 보름달로 다시 바뀌는데, 의인화된 보름달이 아니라 밤하늘의 자연적 조명을 하는 천체로만 인식된다.

　　이화(梨花)에 월백(月白)하고 은한(銀漢)이 삼경(三更)인 제
　　일지춘심(一枝春心)을 자규(子規)야 알까마는
　　다정(多情)도 병(病)인 양하여 잠 못 들어 하노라.

　달은 배꽃이나 은하수와 마찬가지로 심성(心性)을 지닌 인간과 대립되는 물성(物性)을 지닌 자연적 존재들로 객관적으로 묘사된다. 그러나 자규, 곧

접동새는 인간과 같은 동물이므로 감정이입이 일어난다. 다정도 병인 양하여 잠을 이루지 못하는 작자의 감정이 접동새에 이입되어 서정적 합일화가 일어나는 것이다. 이와 같이 인간의 생활과 밀접한 관계를 맺어온 달은 고대 사회에서는 만물 정령 신앙에 의하여 영적 존재로 믿어지다가 불교 시대에 와서 불교적 존재로 변용되었지만, 인지의 발달과 유교적 사고방식으로 말미암아 마침내 밤의 하늘을 조명하는 자연물로 인식되기에 이른 사실을 달을 소재로 한 고전 시가의 전개 과정을 통하여 알 수 있다.

제3장

서경별곡에 나타난 사랑과 이별

1. 구성

『악장가사』, 『악학궤범』, 『시용향악보』 등에 수록되어 전하는 속악가사 (俗樂歌詞) 또는 속요(俗謠)는 지식인의 작품도 있으나 대부분은 민간에서 불린 노래가 궁중 무악에 수용되어 당악정재(唐樂呈才)와 대칭되는 속악정재 (俗樂呈才)로 연행되었다고 보는 것이 통설이다. 그리고 그러한 유입 과정에서 가사가 편집·개작되거나, 동동과 정석가처럼 춤의 연행에 앞서 군왕에게 송도(頌禱)의 뜻을 겸하여 무용의 주제를 약술하여 올리는 치어(致語)나 선구호(先口號)에 해당하는 서사가 덧붙여지기도 하였다. 신라의 향가가 주로 신의 초월성(헌화가, 처용가)이나 불교적 구원(도천수관음가, 원왕생가, 제망매가, 우적가)이나 숭고한 인물에 대한 존경심(모죽지랑가, 찬기파랑가)을 표현하여 신성주의와 내세주의와 이상주의를 추구하였는데, 고려시대의 속요는 세속주의와 현세주의와 현실주의를 지향하여 인간의 체험과 의식을 충실하게 반영하였다. 향가가 신성하고 숭고한 노래라면, 고려속요는 속되고 진솔한 노래로 비장미와 골계미의 극단을 보이기도 한다. 이러한 고려속요의 특징을 모두 보여주는 작품이 서경별곡(西京別曲)이다.

서경별곡은 『악장가사』에 14연 형태의 노래로 기록되어 있는데, 『시용향악보』에는 제1연만 수록되어 있다.

西京(서경)이 아즐가
西京(서경)이 셔울히 마르는
위 두어렁셩 두어렁셩 다링디리

3음보의 노래로 첫 음보를 반복하면서 여음 '아즐가'를 삽입시켰는데, 이 것은 민요를 궁중 악곡으로 개편하면서 음악적인 필요에 의해 일으킨 변이 일 것이다. 서경별곡은 음악적으로는 14연이지만, 문학적으로는 14구가 3 단락으로 분절된다.

西京(서경)이 셔울히 마르는
닷곤 딕 쇼셩경 고외마른
여히므론 질삼뵈 브리시고
괴시란딕 우러곰 좃니노이다

구스리 바회예 디신들
긴힛쏜 그츠리잇가
즈믄히를 외오곰 녀신들
信(신)잇돈 그츠리잇가

大洞江(대동강) 너븐디 몰라셔
비 내여 노흔다 샤공아
네 가시 럼난디 몰라셔

널비예 연즌다 샤공아

大同江(대동강) 건너편 고즐여

빈타들면 것고리이다

첫째 단락과 둘째 단락은 4구씩이고, 셋째 단락은 6구가 된다. 이 가운데 둘째 단락은 정석가의 제6연에도 들어 있고, 이제현(1285~1367)의 『익재난고』(1363, 공민왕 12년)의 소악부(小樂府)에 한역되어 있기 때문에 일반적으로 서경별곡을 독립적인 서경노래와 구슬노래 및 대동강노래가 합성된 것으로 본다. 그렇지만 설령 합성가요라 하더라도 첫째 단락은 살아서의 이별이고, 둘째 단락은 죽어서의 이별이기 때문에 '삶(이승)-죽음(저승)'의 시간적 순서가 성립하고, 첫째 단락과 셋째 단락은 서경을 떠나 대동강을 건너는 이별의 동선(動線)을 보이기 때문에 주인공의 공간적 이동 경로를 설정할 수 있다. 따라서 순서를 바꾸어도 무방한 삽화적인 나열식 구성법이 아니라 시간적·공간적 선후 관계와 논리적 인과 관계가 있다고 보아야 한다. 곧 '임과의 이별→이별한 이후에도 변함없는 일편단심→이별을 방조한 사공에 대한 저주'의 순서로 구성의 연속적이고 유기적인 통일성을 지향하여 단락을 배열시켰다고 보아야 한다.

2. 여인상

서경별곡의 서정적 주인공은 길쌈베를 버린다고 한 점에서 여성이다.

서경이 서울이지마는

수축(修築)한 소성경(小城京)을 사랑하지마는

이별보다는 차라리 길쌈베를 버리고

(임이) 사랑하신다면 울면서 좇아갑니다.

　서경이 서울이란 사실을 자랑스럽게 여기고, 향토를 지키기 위해서 성을 수축도 하였지만, 임과 이별하는 상황에 부닥친다면, 서경은 말할 것도 없고 소중한 길쌈베도 포기하는 비장한 결의를 보이겠으며, 그리하여 임의 사랑을 지속시키는 데 성공하면, 환희와 감격의 눈물을 흘리며 임의 뒤를 따르겠다는 것이다. 떠나는 임을 차마 붙잡지 못하고 사랑하는 고향과 소중한 생업을 결연히 희생하고, 솟구치는 기쁨마저 눈물로 표현하는 서정적 주인공은 희생적이고 순종적이고 정감이 풍부한 여인이 아닐 수 없다. 서경에 산다고 우쭐대고, 신명나게 성 쌓기를 하고, 길쌈 솜씨를 뽐내고, 눈물이 많아 기뻐도 우는 여인은 한 마디로 '애살스런' 여인이라 할 수 있다. '애살스럽다'는 말의 사전적 의미는 "군색하고 애바른 데가 있다"인데, '군색하다'는 '일이 잘 되지 않아 어려워 보이는 것'이고, '애바르다'는 '재물과 이익에 발발이 덤비다'는 뜻이므로 애살스런 여인이란 일이 잘 되지 않는데도 발발이 덤비는 여인이 된다. 서경별곡의 애살스런 서정적 주인공은 "사랑하신다면(조건) 울면서 좇아갑니다(결과)"의 표현으로 보아 조건부적 사고를 한다고 볼 수 있다. 임이 나를 사랑한다면, 나는 기쁨의 눈물을 흘리면서 임을 좇아가겠다고 하니, 조건부적 사랑이고, 상대적인 사랑이다. 이와 같이 임이 이별과 사랑이란 조건을 제시하면, 서정적 주인공은 자기희생과 순종이란 결과적 행동을 보이고, 서정적 주인공의 자기희생이란 조건에 임이 사랑이란 반응을 보인다. 다시 말해서 서정적 주인공이 결코 일방적으로만 자신을 희생시키고 임에게 순종하는 것이 아니라 반대급부를 기대하는 조건부적 사랑을 한다. 따라서 임의 태도와 상관없이 영구불변의 사랑을 바치는 절대적인 사랑이 아니라 임의 태도 여하에 따라 대응하는 상대적인 사랑이다.

> 구슬이 바위에 떨어진들
> 끈이야 끊어지겠습니까?
> 천 년을 외로이 살아간들
> 신의(信義)야 끊어지겠습니까?

구슬이 바위에 떨어지면 구슬은 깨지지만, 구슬을 꿰고 있던 끈은 끊어지지 않듯이 천 년을 외로이 혼자서 살아간다 하더라도 임에 대한 신의(信義)는 변하지 않을 것이라고 노래하고 있다. '구슬·바위·끈'과 같은 객관적 상관물을 먼저 제시하고, 그로 말미암는 주관적 심정을 토로하는 식으로 병치적(並置的) 은유법을 사용하고, 여기에 반어적 설의법을 곁들여 완곡하게 표현하였다. 그러나 시상은 결코 가볍거나 부드럽지만은 않다. 구슬은 옥구슬인지 유리구슬인지 분명하지 않지만 색채와 매끄러운 감촉과 영롱한 소리를 지닌 보석으로 투박한 바위와 대립된다. 고귀하고 아름다운 보석과 하찮고 흔한 바위의 구분은 가치판단에 의한 것이니 바위에 깨지는 구슬보다 끊어지지 않는 끈에 더 큰 의미를 부여하는 것도 역시 가치관에 관련된 문제이다. 구슬이 바위에 깨진다는 표현은 혹 맑고 고운 옥이나 유리처럼 영원히 변하지 않는 사랑을 맹세하는 뜻으로 구슬목걸이를 정표로 주고받던 풍속과 관련이 있는지 모를 일이나 하여튼 '옥쇄(玉碎)'라는 말을 연상시킨다. 옥쇄란 충절을 지키기 위해 목숨을 버리는 것, 다시 말해서 폭력적인 불의와 타협하거나 굴복하지 않고 차라리 죽음의 길을 택하여 나라나 임금에 대한 신의를 지키는 것을 뜻한다. 따라서 임과 이별하고 천 년을 외로이 혼자서 살아야 하는 상황을 구슬이 바위에 깨지는 것에 비유하고, 구슬은 깨지더라도 구슬과 구슬을 연결시키는 끈은 온전하듯이 임이 부재한 상태에서도 임에 대한 믿음과 사랑을 영원히 지속시켜 나가겠다는 신념과 의지를 일방적으로 표명하는 점에서 이몽룡에 대한 정절을 지키기 위해서 투옥과 고문의 고초를 겪어야 했던 성춘향과 같은 매섭고 독한 여인의 모습을 서경별곡의 둘째 단락의 서정적 주인공한테서 발견하게 된다. 다시 말해서 구슬이 내포한 이념성과 신(信)이 지시하는 윤리성과 '끊어지겠습니까'에 함축된 저항성을 지녀서 눈 속에 피는 매화처럼 맵고 독한 여인의 모습을 보인다. 곧 죽음을 초월하는 절대적 사랑을 지향하는, 겨울의 눈 속에서 봄을 기다리는 매화처럼 독한 여인의 전형을 보여준다.

대동강 넓은지 몰라서
배를 내어 놓았느냐? 사공아!
네 각시 음란한지 몰라서
가는 배에 태웠느냐? 사공아!
대동강 건너편 꽃을
배 타고 들어가면 꺾을 것이다.

강은 '분리/매개'의 이중적 심상을 지니는 바, 서정적 주인공과 임과의 이별, 곧 분리에 의해 생기는 심리적 거리는 넓은지와 건너편 등과 같이 공간적 거리로 표상되어 공포심과 절망감을 유발시킨다. 반면에 대동강이 배 및 사공과 함께 서정적 주인공을 떠나는 임과 꽃으로 비유되는 사공의 아내를 매개하여 결합시키는 구실을 하기도 한다. 사공의 아내가 음란해서 대동강을 건너간 임을 유혹해서 음행을 저지를지도 모르는데, 사공이 임을 배에 태

워주었으니, 사공의 아내한테 임을 빼앗길지도 모른다는 심리적 불안감과 아울러 맹렬하게 타오르는 질투심을 느끼고서 사태의 심각성을 전혀 모르고 있는 사공의 무지와 어리석음을 통매(痛罵)의 어조로 공격하고 조롱하는 것이다. '대동강 건너편 꽃'에는 두 가지 상반된 심상이 복합되어 있다. 먼저 남성의 처지에서는 흠모와 정복의 대상이 되는 여인이다. 다시 말해서 뭇 남성들로 하여금 배를 타고 들어가서 꺾고 싶은 욕망을 느끼게 하는 욕망의 꽃이다.

고려 시대의 사공은 특수 행정 구역인 진(津)에 거주하였는데, 수공업자나 역관(驛館)의 주민과 마찬가지로 노비나 화척(禾尺: 조선의 백정)이나 재인(才人: 조선의 광대) 등 천민보다는 신분이 높았으나, 양인(良人) 농민보다는 신분이 낮아 사회적으로 천대받았다. 어느 시대에나 최하층의 계층은 성윤리가 문란한 사실을 감안하면, 사공의 아내도 바람난 여자이고, 꽃으로 비유되는 점에서 관능미를 지니고 자유분방하여 남성편력을 하는 자녀형(恣女型)의 여인의 모습이다. 그리고 그와 같은 여인의 행동 양태에 대해서는 윤리적, 심리적 요인 이외에 경제적, 신분적 요인도 고려해 볼 수도 있는데, 어느 경우이든 자기의 임을 빼앗겨야 하는 다른 여인들한테는 질투와 증오와 경멸의 표적이 되었다. 따라서 마지막 구절인 '배 타고 들어가면 꺾을 것이다'는 머지않아 일어날 임의 변절을 예상하면서 임에 대한 믿음이 동요를 일으키고, 의구심과 절망감에 앞이 캄캄해진 서정적 주인공의 절규가 아닐 수 없다. 그리고 그와 같은 불행한 사태가 모두 사공과 그의 아내 때문에 생긴다고 간주하고, 그들을 원망하고 질책하고 저주하는 것이다. 이처럼 셋째 단락의 서정적 주인공은 첫째 단락의 서정적 주인공처럼 임과 이별하지 않는 방법을 적극적으로 강구하지도 않고, 둘째 단락에서처럼 비록 몸은 헤어져도 마음의 끈이라도 지속시킬 수 있다는 지혜도 터득하지 못하고, 오로지 이별에 대한 책임을 대동강과 사공과 배한테 전가시키고, 또 사공의 아내를 질투하고 악담할 뿐 진정한 의미의 경쟁자로 받아들이지 못하고 있다. 요컨대 정확한 현실 인식이나 일정한 방향성 없이 현실에 불만을 품고 충동적으로 파괴적인 행동을 하는 이기적인 여인상이다.

3. 이별의 양상

서경별곡은 단일 가요로 보든, 합성 가요로 보든 이별을 제재로 한 작품이라는 데는 견해가 일치하는 듯싶다. 이별은 사랑의 종말이요, 임과의 분리이므로 이별을 거부함은 사랑의 지속을 갈망함이요, 임과의 분리에 말미암는 고립과 단절 상황에 대한 불안이 크면 클수록 그에 상응해서 사랑의 지속에 대한 갈망 또한 더욱 강렬해질 것이다. 그리고 이별이 공간적으로는 결합 상태에서 분리 상태로의 변화를 의미하고, 시간적으로는 지속되던 관계의 중단을 의미하는 것으로 규정한다면, 서경별곡의 첫째 단락에서 서정적 주인공은 길쌈베를 절단함으로써 임과의 관계를 지속시키고, 서경과 자신을 분리시킴으로써 임과의 공간적 분리를 모면하기 위하여 임의 뒤를 좇아가는 것이니, 분리와 결합을 의미 자질로 내포한 동사 '버리고(ㅂ리고)'와 '좇아갑니다(좃니노이다)'가 적절하게 쓰인 것이다. 그리고 사랑의 시간적 지속은 '좃니노이다'의 '-니-'가 함축하고 있다. 이처럼 서경별곡의 첫째 단락은 공간적인 결합의 지속과 시간적인 관계의 지속을 모두 성취시켜 이별의 위기를 극복하고 있다. 그리고 이와 같은 상황이 다른 속악가사에서 '흔되녀다(정과정·이상곡)'로 표현되는 바, '한 곳에(흔되)'는 공간적 결합을 나타내고, '가다(녀다)'는 시간적 지속을 의미한다.

그런데 둘째 단락에서는 공간적 분리는 '떨어진들(디신들)'로, 시간적 지속은 반어적 수법에 의해 '끊어지겠습니까(그츠리잇가)'로 표현하여 공간적으로는 분리되더라도 시간적으로는 관계가 지속됨을 강조한다. 그리고 시간적 지속은 '천 년을 살아가다'로, 공간적 분리는 '외로이'로, 정신적 유대 관계는 '믿음의 끈'으로 표현하고 있다. 이처럼 둘째 단락에서는 공간적 결합의 지속은 실패하지만, 시간적 관계의 단절은 믿음에 의해 극복된다.

마지막으로 셋째 단락에서 '배를 내어 놓았느냐'는 공간적 분리를 위한 준비 행위이고, '가는 배에 태웠느냐'는 공간적으로 분리시키는 행위이고, '배를 타고 들어가면'은 공간적 분리 행위의 완결이고, '꽃을 꺾을 것이다'는 시간적 관계의 지속이 중단됨을 의미한다. 이와 같이 공간적으로도 분리되고, 시간적으로도 단절되니, 사랑을 지속시키는 데 철저히 실패하는 모습을 보인다. 요컨대 서경별곡에 나타나는 이별의 양상은 첫째 단락에서는 이별의 상황에 직면하지만 공간적 결합과 시간적 관계를 지속시키는 데 성공하고, 둘째 단락에서는 공간적으로는 사랑의 지속에 실패하지만 시간적으로는 성공시키는 데 비해서, 셋째 단락에서는 공간적으로도 시간적으로도 사랑을 지속시키는 데 실패하는 것으로 판이하게 나타난다. 이별에 대응하는 세 여인의 애정관이 대조적으로 상이하듯이 이별의 양상도 다르게 나타나는 것이다. 따라서 서경별곡은 세 개의 연이 유기적인 연속체와 나열적인 병렬체의 이중성을 지님으로써 분열과 통합이 긴장 상태를 이루는 불안정한 구성체인데, 이것은 근원적으로 독립적인 가요들을 합성시킨 데 기인하는 것으로 이해해야겠다.

제4장

고려속요의 반전의 미학

인간의 감정 중에서 강렬하여 심리적 반응이 생리적 현상을 일으키고, 나아가선 신체적 행동까지 유발하는 정서는 희로애락(喜怒哀樂)과 애오욕구(愛惡慾懼) 여덟 개가 대표적이다. 기쁨이 강렬해지면 즐거움이 되고, 슬픔이 정도가 심해지면 분노로 변한다. 그리고 이끌림과 꼴림이 호감과 사랑의 정서로 발전하고, 거리낌과 두려움이 싫음과 미움의 정서로 바뀐다. 기쁨과 즐거움 및 이끌림과 사랑은 심리적·신체적 활동을 활성화하는 점에서 긍정적 정서이고, 슬픔과 분노 및 증오와 공포는 심리적·생리적 활동을 위축시키는 점에서 부정적 정서이다. 한국의 노래는 육자배기에서 자진육자배기를 거쳐 흥타령으로 끝맺듯이 느린 장단으로 시작하여 빠른 장단으로 바꿈으로써 부정적 정서에서 긍정적 정서로 전환시키어 흥과 신명을 푸는 것이 특징인데, 이러한 전환이 가장 선명한 것이 기승전결(起承轉結)의 구성법이다. 향가는 민요적인 병행의 원리와 '병렬-종합'의 3단식 형식으로 되어 있어서 시상과 정서의 전환이 극적으로 이루어지지 않고, 이러한 전통은 시조로 계승된다. 그러나 '아소 님하'로 시상을 종결하는 일련의 고려속요는 기승전결의 구성법을 취하여 구지가와 같은 고대가요의 전통을 계승하였다. 기승전결이 변화를 추구하던 역동적인 시대상을 반영하는 데 반해서 반전(反轉)을 기피하는 노래는 체제의 안정을 추구하는 시대정신을 반영한다고 볼 수 있다. 신라는 불교로 사상적 통일을 이루었고, 조선은 척불숭유(斥佛崇儒) 정책으로 유교가 유일한 지배이데올로기였다. 그러나 고려는 불교가 국교였지만 유교도 병진정책을 써서 중기 이후에는 성리학으로 무장한 신흥사대부가 형성될 수 있었듯이 개방성, 융합성, 국제성이 특징이었다.

고려가요 중에서 기승전결의 구성법으로 된 작품으로 정과정곡, 이상곡, 만전춘별사가 있다.

1. 정과정곡(鄭瓜亭曲)

정과정곡은 고려 시대 정서(鄭敍)가 의종 5년(1151)에 역모 사건에 가담하였다는 참소를 당해 동래로 유배될 때 의종이 정서에게 머지않아 소환하겠다고 약속하였으나 오랫동안 기다려도 소식이 없으므로 거문고를 잡고 정과정곡을 불렀다고 한다. 따라서 정과정곡은 이러한 창작 동기를 감안하여 가사를 해석하여야 한다.

『악학궤범』의 원문은 다음과 같다.

내 님을 그리ᄉᆞ와 우니다니
山(산) 졉동새 난 이슷ᄒᆞ요이다
아니시며 거츠르신들 아으
殘月曉星(잔월효성)이 아ᄅᆞ시리이다
넉시라도 님은 ᄒᆞᆫ듸 녀져라 아으
벼기더시니 뉘러시니잇가
過(과)도 허믈도 千萬(천만) 업소이다

믈힛 마러신뎌

슬웃븐뎌 아으

니미 나를 ᄒ마 니ᄌ시니잇가

아소 님하 도람 드르샤 괴오쇼셔

정과정곡은 악곡은 11구로 나뉘지만, 의미적으로는 여덟째 구와 아홉째 구를 합하여 10구체로 보아 신라 10구체 향가를 계승한 것으로 보기도 한다. 정과정곡은 신라 시대 시가에서 고려 시대 시가로 바뀌는 전환기적 양상을 보이는데, 따라서 지속되는 측면만이 아니라 변화의 측면도 보이는 바, 시상을 종결시키는 감탄사가 '아으'에서 '아소'로 바뀌고, 반전이 첨가되어 기승전결의 구성법을 보인다.

정과정곡을 현대어로 바꾸어 내용을 살펴본다.

내가 임을 그리워하여 울더니

산(山) 접동새와 비슷합니다.

그게 아니며 허황된 줄을

그믐달과 샛별이 알 것입니다.

접동새는 소쩍새, 자규(子規), 두견(杜鵑), 귀촉도(歸蜀道), 불여귀(不如歸)라고도 부르는데, 중국의 촉나라 망제가 왕위를 빼앗기고 유랑하면서 고국을 그리워하다가 죽어서 환생한 새라는 전설이 있다. 이러한 전설이 동아시아에 유포됨에 따라 그리움을 상징하는 새로 보편화되어 정과정곡에 수용되었다. 시적 화자가 자신을 접동새에 비유하여 임금을 그리워하는 충성심을 강조한다. 그리고 천지신명(天地神明)의 대유(代喩)인 잔월과 효성이 참소가 사실이 아님을 안다고 하여 자신의 결백을 주장한다. 잔월은 그믐달이고 효성은 샛별이므로 그믐달이 서녁하늘에 떠있고, 샛별이 동녁하늘에 나타나는 새벽녁까지 임이 그리워 잠을 이루지 못한 채 울음으로 지샌 사실을 알 수 있는데, 그믐달은 정서가 의종을 그리워하다가 몸과 마음이 쇠잔해졌음을, 샛별은 그러한 절망적인 상황에서도 의종으로부터 소식이 오는 희망을 아직도 품고 있음을 암시한다.

넋이라도 임과 함께 살아가고 싶어라
우기던 이가 누구였습니까?
과오(過誤)도 허물도 전혀 없습니다.
무리가 헐뜯은 말입니다.
사라지고 싶을 뿐입니다.

임으로부터 소식을 기다려도 오지 않으므로 살아서 만날 수 없다면 죽어서 넋이라도 임과 함께 살아가고 싶다는 비장한 심정을 토로한다. 이처럼 죽음을 초월하는 충절(忠節)을 강조하면서 자신의 결백을 단정적으로 주장한다. 그리고 참소를 당하여 억울하고 분하며, 그래서 오로지 죽고 싶은 심정임을 하소연한다.

임이 나를 하마 잊으셨습니까?

기다림에 지친 나머지 마침내 임이 나를 망각하였을지도 모른다는 의구심과 절망감에 빠지게 된다. 여기에는 자신의 충성심과 결백을 몰라주는 임금에 대한 원망도 함축되어 있다. 이처럼 정서적으로는 그리움에서 원망으로, 의미적으로는 시적 자아의 충성심과 결백의 인정에서 망각과 부정으로 반전이 일어난다. 그렇지만 최악의 상황을 떠올려 보는 순간 감당할 수 없는 불안과 공포를 느끼게 된다. 그리하여 황급하고 단호하게 부정하여 또다시 반전을 이룩한다.

　　앗으시오. 임이시여! 돌이켜 들으시어 사랑해주소서.

　임의 총애를 완전히 상실한 상황은 상상조차 할 수 없기 때문에 임의 총애를 회복하는 상황으로 반전시키는 것이다. 자신은 원래부터 충성스럽고 결백하므로, 임께서 비록 간신배들의 모함으로 일시적으로 자신을 버리지만 다시 총애해 주겠다고 한 약속을 지켜줄 것을 간절하게 애원하는 것이다. 임과 나의 관계가 파탄으로 끝나지 않고, 신의로 맺어진 과거로 되돌려 달라고 간청하는 것이다. 이처럼 정과정곡은 시적 화자로 하여금 접동새처럼 울게 만든 임, 잔월효성도 알아주는 충성심과 결백을 외면하는 임 때문에 심신이 쇠잔해지고 피폐해진 상태에서 임의 망각과 배신이라는 극한 상황을 상상하였다가 임과 화해하는 국면으로 반전시키는 것이다. 그리고 그러한 반전을 '아소(앗으시오)'라는 금지 감탄사로 이루는 점에서 향가 10구체 사뇌가를 극복하였다. 사뇌가는 동일한 의미를 병치하고, 이러한 의미와 정서를 '아으'라는 감탄사로 고양시키면서 시상을 종합하는데, '아소'는 의미와 정서의 반전을 일으키면서 시상을 종결하는 점에서 차이를 보이는 것이다. 시적 화자가 세계(임)와의 대립을 극복하고 서정적 합일화를 이룩하는 것이다.

　정과정곡은 처음에는 시적 화자의 충성심과 결백을 직유와 의인에 의한 비유적 표현을 하지만, 다음에는 직절법(直截法)을 사용하여 완곡한 표현에서 직선적인 표현으로 전환시킨다. 이것은 시간의 경과에 따라 상황이 절박해지고, 화자의 심정이 초조와 불안의 정도가 절정에 이르렀음을 뜻한다. 그리하여 논리의 전개가 병행과 순접의 관계이다. 그러나 충성심과 결백이 부정되는 반의적 전개로 역접 관계를 만들고, 다시 이를 부정하여 반전시킴으로써 한 번 더 역접 관계를 만든다. 그리하여 정과정곡은 논리 구조의 면에서 네 개의 의미 단락이 기·승·전·결의 구성법을 보인다. 반전, 이것이 정과정에서 부활한 구성법이며, 고려 시대 시가의 미학적 특징이다. 다시 말해서 구지가에서 보이던 기승전결이 신라 향가를 건너뛰어 고려 시대의 정과정에서 부활하여 '아소'로 시상을 종결시키는 일련의 작품들을 출현시켰다. 그러나 조선 시대의 시조는 10구체 사뇌가처럼 병행과 종합의 3단식 구성법을 취하여 반전이 사라졌다가, 현대시에 와서 이육사의 광야에서 다시 나타난다. 이처럼 3단식 구성과 4단식 구성이 시대에 따라 번갈아 가면서 주류를 형성해온 바 기승전결을 한시의 절구(絶句)와만 관련지어서는 안 되고, 사상적·정치적 상황과 시가 양식의 상관관계라는 측면에서 이해할 필요가 있다. 요컨대 반전은 변화와 역동성을 의미하므로 평면적인 3단식 구성법은 현실의 질서를 유지하려는 체제 안정적인 시가 양식에 적합하다면, 반전이 중요한 기능을 하는 기승전결의 구성법은 현실을 변화시키려는 역동적이고 입체적인 사고와 상상력을 표현하는 시가 양식에 적합하다고 말할 수 있겠다.

2. 이상곡(履霜曲)

이상곡은 작자를 알 수 없는 노래인데,『악장가사』에는 가사가 기록되었으나 성종 때 쌍화점과 함께 남녀상열지사(男女相悅之詞)에 속하는 음사(淫

辭)로 비판받아 가사가 개작되었고, 『악학궤범』에는 가사는 말할 것도 없고
제목조차 기록되지 못하였다. 『악장가사』의 가사는 다음과 같다.

비 오다가 개야아 눈 하 디신 나래

서린 석석사리 조븐 곱도신 길헤

잠 싸간 내 니믈 너겨

깃든 열명길헤 자라오리잇가

종종 霹靂生陷墮無間(벽력생함타무간)

고대셔 싀여딜 내 모미

종 霹靂(벽력)아 生陷墮無間(생함타무간)

고대셔 싀여딜 내 모미

내 님 두숩고 년 뫼롤 거로리

이러쳐 뎌러쳐

이러쳐 뎌러쳐 期約(기약)이잇가

아소 님하 혼디 녀졋 期約(기약)이이다.

이상곡에 대한 해석은 옛 문헌에서 이상(履霜)이나 이상곡의 출처를 찾아
단서로 삼았다. 첫째는 『주역(周易)』에서 곤괘(坤卦)를 설명하면서 "履霜堅
氷至(이상견빙지)"라고 말한 데서 이상의 출처를 찾는다. 이런 관점을 취하면
'서리를 밟으면 이내 굳은 얼음이 어는 계절에 이르는'것이 땅의 질서이므로
땅에 해당하는 여자도 자연의 질서에 순응하여 부드럽고 순하면서 굳은 정
조를 지켜야 한다는 음양 사상을 바탕으로 이상곡을 '임을 향한 정절(貞節)
과 인종(忍從)의 사랑'을 표현한 것으로 해석한다. 둘째로 주(周)나라 윤백기
(尹伯奇)가 죄 없이 어머니의 참소를 입어 집을 쫓겨났을 때 새벽서리를 밟으

면서 추방당한 것을 슬퍼하다가 이상조(履霜操)를 짓고 강에 투신하였다는 고사에서 찾는다. 주인공의 처창(棲愴)한 심정을 서리를 밟는 것으로 표현한 점에서 일치한다는 것이다. 셋째는 이형상(李衡祥; 1653~1733)의 시문집『병와집(瓶窩集)』의 기록을 근거로 채홍철(蔡洪哲; 1262~1340)이 충숙왕에 의해 유배되었을 때 지었다고 추정한다. 이러한 주장과 작품 해석에는 논란의 여지가 없지 않지만, 여기서는 작품 자체에 대한 새로운 주석과 해석을 시도해 본다. 따라서 12행으로 된 이상곡을 의미 면에서 4개의 단락으로 구분하고, 현대어로 번역하여 시상의 전개 과정을 살펴본다.

　비 오다 개고 눈이 많이 내린 날에
　서리는 버석버석하고 좁고 굽어도는 길에
　잠을 빼앗아 간 내 님을 생각하여
　그딴 열명길에 자러오겠습니까?

　비가 오다가 개더니 이윽고 눈이 내리는 변화무쌍한 날씨에 서리는 버석버석 소리가 날 정도로 두껍게 내리고, 좁으면서 구불구불한 열명길을 걸어서 잠을 빼앗아 간 내 임을 못 잊어 잠을 자러 오는 사람이 누가 있겠습니까? 오로지 나만이 그처럼 험난하고 위험한 저승길을 걸어서 임과 동침하러 갈 것이다. 시적 화자가 이렇게 말한다. 시적 화자는 임과 사별한 과부인 것이다. 남편과 사별한 후 밤이면 독수공방하며 잠을 이루지 못하기 때문에 남편과 동침하기 위해서는 저승길도 마다하지 않겠다는 각오와 결의를 보이는 것이다.

　종종 벼락 치는 무간지옥

그곳에서 없어질 내 몸이
종종 벼락 치는 무간지옥
그곳에서 없어질 내 몸이
내 임을 두고 딴 산을 걷겠는가?

무간지옥은 죄를 짓고 악행을 행한 사람이 죽어서 간다는 지옥 중에서도 최악의 지옥인데, 벼락이 수시로 치는 곳으로 형상화되었다. 불교에서는 극악무도한 죄인을 응징하기 위해서 벼락을 쳐서 지옥에 떨어뜨린다고 한다. 따라서 이 대목은 내 임이 무간지옥에 갔기 때문에 나도 벼락에 맞아 무간지옥으로 통하는 길을 가야지 어찌 임을 배신하고 다른 산길을 걸어가겠는가라고 해석하거나, 내가 임을 배신하고 다른 산길을 걸어가는 것은 벼락 맞아 무간지옥에 떨어질 일이라는 뜻으로 해석할 수 있다. 그런데 무간지옥을 두 번이나 반복하여 강조한 것으로 보면 아무래도 앞의 해석이 옳을 것 같다. 벼락 맞아 무간지옥에 가는 것도 두렵지 않다는 화자의 굳은 의지가 부각되기 때문이다.

이렇게 하고 저렇게 하고
이렇게 하고 저렇게 하는 기약이었습니까?

이렇게 하고 저렇게 한다는 말은 임은 무간지옥에 갔는데, 화자는 다른 산길을 가는 것이다. 다른 산길은 재혼(再婚)이나 극락왕생을 상징한다. 곧 화자는 임이 무간지옥에 갔다면 자신도 무간지옥에 가야지, 다른 남자와 재혼하거나 혼자서만 극락왕생하면 임과 함께 하는 길이 아니라는 말이다. 죽음을 초월하여 임에 대한 정조를 지키려는 것이다. 그것이 비록 지옥행이더라도 마다하지 않겠다는 말이다. 이처럼 이상곡은 종교적·도덕적 선악관을 넘어서는 애정지상주의를 보인다. 그리하여 임과 내가 따로 가는 기약이었느냐고 반문한 데 이어서 다음과 같이 단호하게 부정하는 것이다.

앗으시오. 임이시여! 함께 가는 기약이었습니다.

이상곡의 주제는 '함께 살아가는 약속(흔듸 녀젓 기약)'에 함축되어 있다. 생사와 선악을 초월하는 영원불멸의 사랑이 이상곡의 주제이다. 이러한 이상곡의 주제는 서정주의 춘향유문에서 다음과 같이 표현되었다.

저승이 어딘지는 똑똑히 모르지만,
춘향의 사랑보단 오히려 더 먼
딴 나라는 아마 아닐 것입니다.
천 길 땅 밑을 검은 물로 흐르거나
도솔천의 하늘을 구름으로 날더라도
그건 결국 도련님 곁 아니예요?

춘향이가 '도솔천의 구름'으로 환생하여 난다는 것은 이몽룡이 극락세계에 왕생하였다는 말이다. 그러나 춘향은 이몽룡과 함께 하기 위해서라면 극락만이 아니라 지옥에 가서 '천 길 땅 밑의 검은 물'로도 환생하겠다고 말한다. 춘향은 극락과 지옥 두 가지 세계를 모두 가정하지만, 이상곡의 화자는 무간지옥만을 말한 것이다. 이처럼 이상곡은 지옥행도 불사(不辭)하는 여인의 굳은 정조를 통하여 남녀의 영원불변의 사랑을 노래한 점에서 우리나라 애정시의 절정을 보여주는데, 아무튼 '순접-역접-역접'의 논리 전개로 반전이 두 번 반복되는 기승전결의 4단식 구성법으로 되어 있다.

3. 만전춘별사(滿殿春別詞)

만전춘별사는 원래는 만전춘이었으나, 조선 시대 유학자들이 음사로 규정하고 가사를 개작하였다. 그리하여 원사는 『악장가사』에 만전춘별사라는 이름으로 가사가 기록되어 전하고, 개작된 가사는 『세종실록』에 만전춘의 이름으로 기록되어 있다. 원사(原詞)와 별사가 주객의 위치가 뒤바뀐 바, 정치적·사상적인 변화가 문학에 영향을 끼친 것이다. 『악장가사』의 원문은 다음과 같다.

어름우희 댓닙자리 보와

님과 나와 어러주글만뎡

어름우희 댓닙자리 보와

님과 나와 어러주글만뎡

情(정)둔 오눐밤 더듸 새오시라 더듸 새오시라

耿耿孤枕上(경경고침상)애 어느 자미 오리오.

西窓(서창)을 여러ᄒᆞ니 桃花(도화)ㅣ 發(발)ᄒᆞ두다

桃花(도화)ᄂᆞᆫ 시름업서 笑春風(소춘풍)ᄒᆞᄂᆞ다 笑春風(소춘풍)ᄒᆞᄂᆞ다

넉시라도 님을ᄒᆞᆫ듸 녀닛景(경) 너기다니

넉시라도 님을ᄒᆞᆫ듸 녀닛景(경) 너기다니

벼기더시니 뉘러시니잇가 뉘러시니잇가

올하 올하 아련 비올하
여흘란 어디 두고 소해 자라 온다
소콧 얼면 여흘도 됴ᄒᆞ니 여흘도 됴ᄒᆞ니

南山(남산)애 자리 보와 玉山(옥산)을 버여 누어
錦繡山(금수산) 니블 안해 麝香(사향)각시를 아나 누어
南山(남산)애 자리 보와 玉山(옥산)을 버여 누어
錦繡山(금수산) 니블 안해 麝香(사향)각시를 아나 누어
樂(약)든 가ᄉᆞᆷ을 맛초ᄋᆞᆸ사이다 맛초ᄋᆞᆸ사이다

아소 님하 원대평생(遠代平生)애 여힐ᄉᆞᆯ 모ᄅᆞᄋᆞᆸ새

만전춘별사는 6개의 연으로 구성되어 정과정곡이나 이상곡의 의미단락이 독립적인 연으로 분할하여 분장체 형식으로 변형되었다. 북전(北殿)도 이와 같은 형태였을 것으로 추정되는데, 북전은 연들이 독립적인 시조로 해체되어 만전춘별사와는 다른 변모양상을 보였다. 만전춘별사도 제2·3·4연은 3행으로 되어 있고, 제1·5연도 3행을 반복하여 5행으로 만들었기 때문에 시조의 4음보 3행 형식의 원초적 형태를 보인다. 따라서 시조의 발생을 고려속요의 해체 과정에서 찾기도 하는 것이다. 또는 이와 반대로 시조의 초기 형태의 작품들이 '아소' 계열의 4단식 구성법으로 합성된 것으로 볼 수도 있다. 아무튼 '아소'라는 감탄사로 시상을 종결함으로써 구성적인 통일성을 이룩한 바, 의미론적으로도 단순히 병렬적·삽화적 나열이 아니라 내부적으

로 유기적인 연속체로 배열되었다고 보아야겠다. 이러한 관점에서 가사를 현대어로 바꾸어 의미와 구성에 대해 살펴본다.

> 얼음 위에 댓잎으로 잠자리 보아
>
> 임과 나와 얼어 죽을망정
>
> 얼음 위에 댓잎으로 잠자리 보아
>
> 임과 나와 얼어 죽을망정
>
> 정을 둔 오늘밤 더디게 새어라 더디게 새어라

차가움과 뜨거움이 대립한다. 차가운 얼음에서 뜨거운 정을 나누는 것이다. 차가운 얼음은 시적 화자와 임의 사랑을 허용하지 않는 냉혹(冷酷)한 현실이고, 댓잎은 그러한 현실에 대한 두 사람의 대응력을 상징한다. 현실에 맞서서 사랑을 이루려 하지만 좌절할 수밖에 없다. 그러나 사랑의 결과가 설령 죽음이라 하더라도 사랑을 포기할 수 없다는 비장한 심정을 토로한다. 그리하여 2번 반복하여 이러한 비장한 각오를 강조한다. 그리고 현실에서 이룰 수 없는 사랑을 하는 남녀가 마지막 밤을 보내면서 시간이 천천히 흘러가길 염원하는데, 사랑의 시간을 연장하고 싶은 소망이 너무나도 간절하기 때문에 2번 반복한다.

> 말똥말똥 눈뜬 외로운 잠자리 어느 잠이 오겠는가?
>
> 서창을 여니 도화가 만발하였다.
>
> 도화는 시름이 없어 춘풍을 보고 웃는다 춘풍을 보고 웃는다.

방안과 방밖이 공간적으로 대립된다. 방안은 독수공방하면서 눈만 말똥

말똥 뜬 채 잠을 이루지 못하고 엎치락뒤치락 한다. 그러나 서창을 여니 방 밖의 정원에는 도화가 만발해 있다. 도화는 춘풍 속에 흐드러지게 피어 훈훈한 바람결에 살랑살랑 나부끼는데, 마치 시름과 걱정이 전혀 없어서 환한 얼굴로 웃으며 마냥 즐거워하는 것 같다. 도화는 기녀(妓女)의 이름으로 젊고 아름다운 여성을 의인화한 것이고, 춘풍(春風)은 고전소설 이춘풍전에서처럼 바람둥이 남성이다. 이처럼 기녀의 사랑과 대조되어 시적 화자의 고독과 정한(情恨)이 더욱 부각된다.

> 넋이라도 임과 함께 살아가는 정경(情景) 생각하며
> 넋이라도 임과 함께 살아가는 정경(情景) 생각하며
> 우기던 사람이 누구였습니까? 누구였습니까?

살아서 임과 함께 사는 것이 불가능하다면, 죽어서라도 임과 함께 살고 싶다는 비장한 심정을 토로한다. 이 부분은 정서의 정과정곡에 포함되어 있기 때문에 상호간의 영향 관계를 추정할 수 있다. 정과정곡에서 사용된 표현이 죽음을 초월하는 영원불변의 사랑을 강조하기 때문에 호소력을 인정받아 만전춘별사에 수용되었을 개연성이 크다. 아니면 이러한 표현의 노래가 당시에 유행하여 정과정곡에 수용되었고, 나중에 만전춘별사에도 수용되었다고 볼 수도 있다. 하여튼 서경별곡의 제2연 "구슬이 바위에 떨어진들 끈이야 끊어지겠습니까? 천 년을 외로이 살아간들 신의(信義)가 끊어지겠습니까?"와 마찬가지로 죽음을 무릅쓰고 신의와 정조를 지키려는 절대적 사랑을 표현하는 노래로 당대에 유행한 것으로 보인다.

> 오리야 오리야 아리따운 비오리야

여울은 어디 두고 소(沼)에 자러 왔느냐

소가 얼면 여울도 좋다 여울도 좋다.

소(沼)가 오리에게 물으면 오리가 대답하는 식으로 소와 오리를 의인화하여 문답의 형식으로 남녀의 사랑을 표현하였다. 오리는 비오리로 깃털이 화려하여 바람둥이 멋쟁이 남성을 비유한다. 여울과 소는 여성을 비유하는데, 여울은 소리를 내면서 빠르게 흐르는 개울이기 때문에 젊고 활동적인 여성을, 소는 물이 고여 있고 수심이 얕은 늪이기 때문에 겨울에 쉽게 얼어붙는 점에서 사랑이 깊지 않고 빨리 식는 여성을 비유한다. 소(沼)와 같은 여성이 비오리와 같은 남성을 구박하니까 남성이 여울과 같은 여성을 찾아가겠다고 응수하는 것이다. 이와 같이 여성편력을 일삼는 남성의 자유분방한 애정행각과 여성의 질투심을 긴장감 넘치는 대화를 통하여 극적(劇的)으로 표현하였다.

남산(南山)에 잠자리를 보고 옥산(玉山)을 베고 누워

금수산(錦繡山) 이불 안에 사향(麝香)각시를 안고 누워

약(藥) 든 가슴을 맞추고 싶다. 맞추고 싶다.

남산은 따뜻한 아랫목을, 옥산은 서늘한 옥베개를 비유하고, 금수산 이불은 수(繡)를 놓은 비단으로 만든 이불을 남녀가 함께 덮고 누워서 산처럼 볼록하게 솟은 모양을 나타내고, 사향각시는 사향노루와 같이 향기를 내뿜는 각시, 또는 사향을 넣은 주머니를 찬 각시를 가리킨다. 그리고 약 든 가슴을 맞춘다는 것은 남녀의 성행위를 환유법(換喩法)으로 표현한 것이다. 따라서 따뜻한 아랫목에 잠자리를 만들고 서늘한 옥베개를 베고 금수이불을 덮고

사향각시를 안고서 교접(交接)을 한다는 뜻이 되는데, 이것은 음기가 왕성한 각시와 동침하면 남자의 양기가 강화되고 회춘하게 되어 불로장수(不老長壽)하게 된다는 도교 사상에 근거하고 있다. 하여튼 시적 화자는 남성으로 젊고 요염한 각시와 황홀한 에로티시즘을 만끽하고 싶은 욕망을 표현하였다. 그러나 이러한 남성의 에로티시즘과 상대적 사랑은 다음과 같이 부정된다.

앗으시오. 임이시여! 평생토록 이별할 줄 모르고 싶습니다.

이별 없이 평생을 남성과 해로(偕老)하고 싶은 간절한 소망을 토로하는 것은 여성일 것이다. 따라서 만전춘별사는 시적 화자가 1·2·3연은 여성이고, 4·5연은 남성이고, 6연은 여성이다. 그리하여 제1연에서 제6연까지를 유기적인 연속체로 보면, 여성은 겨울에 이별하고(제1연), 봄에는 사랑의 계절임에도 불구하고 수절하면서 고독하게 독수공방하지만(제2연), 죽어서도 임과 함께 살고 싶다는 절대적 사랑을 보이는(제3연) 데 반해서 남자는 겨울에 이별하지만 다른 여자를 찾아가서(제4연) 황홀한 에로티시즘을 만끽하므로(제5연) 여자가 남자한테 그리 말고 자기와 평생을 이별하지 말고 함께 살자고 간청하는(6연) 노래가 된다. 이처럼 여자와 남자가 번갈아 가면서 시적 화자가 되는 점에서 남녀교환창(男女交換唱)의 가창 방식을 보인다. 이처럼 만천춘별사는 형식적으로는 정과정곡과 이상곡의 4단식 구성, 곧 기승전결(起承轉結)의 틀을 계승하면서 의미 단락은 연으로 분할·독립시켜 분장체(分章體) 형식으로 발전시키고, 시적 자아를 여자와 남자로 이원화하여 민요의 남녀교환창(男女交換唱)의 가창 방식과 접합 현상을 일으켰다. 그리고 내용적으로는 절대적인 사랑을 지닌 여자가 남자의 상대적인 사랑을 부정하면서, 평생토록 사랑을 향유하고자 하는 희원(希願)을 표출하였다. 그러나 사모곡

(思母曲)에서는 '아소 님하'로 결사(結辭)를 만들었지만 기승전결의 구성법은 소멸되고 3단식 구성법이 됨으로써 시조의 시대를 예비하였다.

제5장

유교가사의 효시 상춘곡

상춘곡(賞春曲)은 정극인(丁克仁: 1401~1481)이 태인(현재의 전북 정읍시 칠보)에 우거(寓居)하면서 지은 작품인데, 나옹화상의 서왕가(西往歌)를 가사의 효시(嚆矢)로 보더라도 불교가사이기 때문에 숭유척불(崇儒斥佛)의 조선시대에 최초로 창작된 유교가사는 상춘곡이 다. 정극인은 원래는 경기도 광주(廣州) 출신이었지만, 1437년 세종이 흥천사(興天寺)를 중건하기 위해 대토목공사를 일으키자 이를 반대하다가 유배되었다가 풀려난 뒤 처가가 있던 태인(泰仁: 현재의 칠보)에 낙향하여 불우헌(不憂軒)이란 초사(草舍)를 짓고 그 앞의 비수천(泌水川) 주변에 송죽(松竹)을 심고 밭을 갈아 경작하면서 향리 자제를 모아 가르치고 향약계축(鄉約契軸)을 만들어 풍교(風敎)에 힘썼다. 그러나 1451년(문종1)부터 다시 관직생활을 하다가 1455년 단종의 양위를 계기로 잠시 태인에 낙향하였고, 그해 12월 다시 환로에 복귀해서 1470년(성종1)에 치사(致仕)하였다. 그리고 1472년에 향리 자제를 교육한 공로를 인정받아 삼품산관(三品散官)의 은영(恩榮)이 내려지자 단가 불우헌가(不憂軒歌)와 경기체가 불우헌곡(不憂軒曲)을 창작하였다. 그렇지만 상춘곡의 창작 시기는 불분명하다. 이처럼 정극인은 환로의 영달을 추구하기보다는 선비로서의 지기(志氣)와 풍도(風度)를 고수하면서 안빈낙도(安貧樂道)하다가 81세에 생을 마쳤으며, 사후에 칠보의 무성서원(武城書院)에 배향되었다. 정극인의 행적을 통하여 고려의 불교문화에서 조선의 유교문화로 전환하는 시기에 유교 사상을 내면화하여 실천적으로 유교사회를 건설하려 한 사실, 정치 현실이 자신이 신봉하는 유교적 이념과 괴리될 때에는 도연명(陶淵明)과 같은 자기소외와 안빈낙도의 길을 선택한 사실, 그리고 시재(詩才)가 탁월하여 다양한 장르로 작시하였으며, 특히 양반가사 내지 유교 가사의 효시작인 상춘곡을 창작한 사실들을 알 수 있다. 따라서 상춘곡의 해석도 이러한 맥락에서 하는 것이 타당할 것이다.

홍진(紅塵)에 묻힌 분네
이 내 생애(生涯) 어떠한가?
옛 사람 풍류(風流)를
미칠까 못 미칠까

환로(宦路)의 유생과 강호의 작가를 대립시키고, 옛 성현의 풍류와 자신의 풍류를 비교하여 공간적으로는 중앙 조정과 향촌의 소통을 꾀하고, 시간적으로는 현재와 과거를 통합하려 한다.

천지간(天地間) 남자 몸이
나만한 이 많건마는
산림(山林)에 묻혀 있어
지락(至樂)을 모를 건가?
수간모옥(數間茅屋)을
벽계수(碧溪水) 앞에 두고
송죽(松竹) 울울리(鬱鬱裏)에

풍월주인(風月主人) 되었도다.

불교에서는 속세와 서방정토가 생로병사가 있는 고해(苦海)와 부처가 있는 극락(極樂)세계로 공간적 대립을 이루는데, 유교에서는 벼슬생활과 자연이 현실과 이상세계로 대립된다. 그리하여 산림과 풍월주인, 곧 자연과 인간이 조화를 이룬 사실을 서술하여 시적 화자가 이상향에 살고 있음을 자랑하는 것이다. 유교는 수신제가치국평천하(修身齊家治國平天下)를 말하여 개인을 완성하여 국가경영에 참여할 것을 강조하지만, 다른 한편으로는 자연 속에 은둔하여 안빈낙도(安貧樂道)의 생활을 하는 것을 동경하는 양면성을 지닌다. 사회적 자아와 개인적 자아를 양방향으로 극단으로 추구하는 것이다.

엊그제 겨울 지나
새 봄이 돌아오니
도화행화(桃花杏花)는
석양리(夕陽裏)에 피어 있고
녹양방초(綠楊芳草)는
세우중(細雨中)에 푸르도다.
칼로 마름해 냈는가?
붓으로 그려 냈는가?
조화신공(造化神功)이
물물(物物)마다 야단스럽다.
수풀에 우는 새는
춘기(春氣)를 못 이기어
소리마다 교태(嬌態)로다.

물아일체(物我一體)이니

흥(興)이야 다르겠느냐?

음기(陰氣)가 극성하던 겨울이 가고 양기(陽氣)가 회복되는 봄철을 맞이하여 꽃은 피고 잎은 푸르러 경이로운 자연풍경이 창조되었다. 새도 춘기(春氣)가 충만하고 흥에 겨워서 우니, 화자도 물아일체(物我一體)의 경지에 들어가 춘흥(春興)을 만끽한다고 서술한다. 식물이 연출하는 시각의 세계와 새가 연출하는 청각의 세계가 조화를 이루고, 화자가 그러한 세계에 동화되어 최고조의 감흥을 느끼는 자연친화(自然親和)의 절정에 도달한 것이다.

시비(柴扉)에 걸어 보고

정자(亭子)에 앉아 보니

소요음영(逍遙吟詠)하여

산일(山日)이 적적(寂寂)한데

한중진미(閒中眞味)를

알 이 없이 혼자로다.

이봐 이웃들아!

산수(山水) 구경 가자꾸나.

답청(踏靑)은 오늘 하고

욕기(浴沂)는 내일(來日)하자.

아침에 채산(採山)하고

낮에는 조수(釣水)하자.

작가 혼자서 즐기는 풍류를 서술한 데 이어서 이웃에게 풍류를 함께 즐기자고 청유하여 귀향(歸鄕)이 작가가 세상과 완전히 절연한 것이 아니고, 작가의 마음이 항상 정치현실에 대해 열려 있음을 알 수 있다. 사대부의 교화적(敎化的) 역할을 결코 포기할 수 없기 때문에 자연에 절대적으로 귀의하는 강호가도(江湖歌道)가 아니고, 정치현실의 변화에 따라 현실로의 복귀가 가능하였다.

갓 괴여 익은 술을
갈건(葛巾)으로 받쳐 놓고
꽃나무 가지 꺾어
수(數) 놓고 먹으리라.
화풍(和風)이 건듯 불어
녹수(綠水)를 건너오니
청향(淸香)은 잔에 지고
낙홍(落紅)은 옷에 진다
준중(樽中)이 비었거든
나에게 아뢰어라.

소동(小童) 아이더러
주가(酒家)에 술을 물어
어른은 막대 집고
아이는 술을 메고
미음완보(微吟緩步)하여
시냇가에 혼자 앉아

명사(明沙) 맑은 물에

잔 씻어 부셔 들고

청류(淸流)를 굽어보니

떠오나니 도화(桃花)로다.

무릉(武陵)이 가깝도다.

저 산이 그것인가?

　이 부분은 술 문화를 표현하고 있다. 그런데 앞부분은 집에서 만든 술이
고, 뒷부분은 주가(酒家)에서 만든 술이다. 앞의 것이 개인적 술에 의해 물아
일체 경지에의 몰입이라면, 뒤의 것은 사회적인 술에 의한 물아일체 경지에
의 몰입이다. 작가는 춘기(春氣)가 충만한 자연 속에서 혼자서 풍류를 즐기
다가 이웃과 같이 즐기자고 하듯이 술에 의한 흥취도 집안의 술이 떨어지면
주가의 술로 충당하려고 하는 점에서 고립과 단절이 아니라 사회지향적인
성향을 지녔다.

송간(松間) 세로(細路)에

두견화(杜鵑花)를 꺾어들고

봉두(峰頭)에 급히 올라

구름 속에 앉아 보니

천촌만락(千村萬落)이

곳곳이 벌려 있네.

연하일휘(煙霞日輝)는

금수(錦繡)를 펼쳐 논 듯

엊그제 검은 들이

봄빛도 유여(有餘)하구나.

작가는 무릉도원을 찾아 산봉우리에 올라 고원(高遠)하고 초연(超然)한 세계인 구름 속에 앉지만 마을과 함께 춘광(春光)과 춘색(春色)이 충만한 들판을 바라보고 무릉도원과 같은 유토피아로 인식한다.

공명(功名)도 날 꺼리고
부귀(富貴)도 날 꺼리니
청풍명월(淸風明月) 외(外)에
어떤 벗이 있을까?
단표누항(簞瓢陋巷)에
헛된 생각 아니 하네.

아무튼 백년행락(百年行樂)이
이만한들 어찌하리.

벼슬길에 진출하여 입신양명과 부귀공명을 추구하는 생활을 단념하고, 단표누항에서 청풍명월을 벗을 삼는 현재를 지속시켜 평생토록 안빈낙도의 생활을 하겠다는 의지를 단호하게 천명한다. 이같이 상춘곡은 작자가 춘기가 충만한 자연 속에서 물아일체의 경지에 몰입하여 춘흥에 겨워 풍류를 즐기고, 술에 의해 도도해진 취흥 때문에 유토피아를 찾아 산에 오르는 전원생활을 보여주는데, 안빈낙도를 실천하는 자신의 생활철학에 대한 긍지와 자부심도 아울러 표현하였다. 중국사상은 현실참여적인 유교사상과 현실도피적인 도교사상이 양대 산맥을 이루는데, 상춘곡은 유학자인 정극인이 도교

사상과 자연사상과 은일(隱逸)사상이 융합된 자연친화 사상을 수용하여 사회적 자아의 실현에 집착하게 만드는 유교사상의 한계를 극복하고 개인적 자아의 실현에서 새로운 탈출구를 실천적으로 찾고, 그러한 전원생활을 소재로 하여 창작한 점에서 도연명(陶淵明)의 귀거래사(歸去來辭)와 맥락을 같이 한다. 이처럼 최초의 유교가사가 강호가도(江湖歌道)의 작품으로 시작되었는데, 이러한 전통은 송순의 면앙정가(俛仰亭歌)와 정철의 성산별곡(星山別曲)으로 이어졌다.

상춘곡의 산실인 칠보에 유교선비문화관이 건립되어 있다.

정극인이 살았던 칠보의 안내지도 - 정극인의 묘소가 7번 위치에 있다.

| 제6장 |

시조에 나타난 애정전달의 유형

1. 정표형(情表型)

애정의 징표를 이별한 임에게 보낸 시조로 대표적인 것은 기생 홍랑(洪娘)
이 고죽(孤竹) 최경창(崔慶昌)을 경성(鏡城)에서 영흥(永興)까지 배웅하고 멧
버들과 함께 보낸 시조일 것이다. 홍랑은 고죽에게 자신의 사랑의 표시로 멧
버들과 시를 보냈다. 따라서 멧버들과 시는 홍랑의 고죽에 대한 사랑을 의
미하는 일종의 기호(記號)가 된다. 기호란 현실적으로 존재하지 않는 사물
을 대신하여 그 사물에 대한 반응과 동일한 반응을 일으키는 것을 가리키는
데, 멧버들과 시는 홍랑의 사랑을 대신한 점에서 기호가 되는 것이다. 홍랑
의 고죽에 대한 감정을 사랑이라는 언어기호를 사용하여 고백할 수도 있었
다. 그러나 고인들은 현대인과 달리 그런 직접적인 표현법보다는 간접적인
표현법을 즐겨 사용하였다. 그 쪽이 보다 은근하고 곡진한 맛이 있었기 때문
이다. 따라서 홍랑은 마음을 전하는 수단으로 사랑이라는 언어기호 대신 멧
버들과 시라는 다른 종류의 언어기호를 사용하였다.

그런데, 멧버들은 자연적 기호가 아니고, 인위적 기호가 된다. 자연적 기
호로서는 산야(山野), 자연, 봄 따위를 연상시키지만, 홍랑이나 홍랑의 마
음을 환기(喚起)시킬 수 있다는 점에서 인위적 기호가 된다. 인위적 기호에

는 상기호(像記號; iconic sign)와 상징(symbol) 두 가지가 있는데, 대신해서 자극이 되는 사물의 형태나 성질상으로 가까운 기호를 상기호라 하고, 그렇지 않고 의사소통의 도구로서 사람이 만들어 낸 것은 상징이라고 한다. 멧버들과 홍랑이나 홍랑의 사랑 사이에는 상성(像性)이 있다고 보기 어렵다. 그러나 홍랑의 초상화라면 상기호가 될 수 있다. 이런 점에서 일단 멧버들은 상징이 된다. 이 상징을 다시 유연적(有緣的) 상징과 무연적(無緣的) 상징으로 나누는데, 멧버들은 어느 쪽에 속할까? 이 점을 해명하기 위해서 멧버들과 홍랑의 관계를 살펴보자.

멧버들은 야산의 식물이다. 홍랑은 경성의 기생이다. 서울에 대해서 경성은 시골이며, 고죽과 홍랑은 영흥까지의 동행길에서 멧버들을 많이 보았을 것이다. 또 계절은 이른 봄이었을 것이다. 하여지간 멧버들과 홍랑 사이의 유연성을 전적으로 배제할 수 없다. 따라서 멧버들은 홍랑 또는 홍랑의 사랑의 유연적 상징이라고 할 수 있다.

지금까지는 멧버들과 시조를 하나의 기호로 보는 입장에서 논의하였는데, 이제부터는 시조 속의 멧버들의 기호적 성격에 대해 살펴보자.

멧버들 가려 꺾어 보내노라 임의 손에
잠자는 창 밖에 심어두고 보소서.
밤비에 새 잎 나거든 나인가 여기소서.

멧버들은 서민적이고, 향토적이고, 야성적이고, 순박한 사랑을 상징한다고 볼 수 있다. 도시적이고, 화려하고, 세련되고, 귀족적이고, 사교적인 사랑과는 대조적이다. 그런 멧버들을 골라 꺾어 보내는 행동은 지극한 정성과 조심성에서 우러난 것이다. 임은 과거에는 자기 소유가 확실했으나, 미래는 불확실한 임이다. 다시 만날 날을 기약하기 어려운 임이다. 서울에는 본처가 있고, 다른 여자들의 유혹도 있을 것이다. 임의 배신과 망각의 가능성을 전적으로 배제할 수 없다. 그리하여 이별의 현장은 확실성과 불확실성의 분수령이 된다. 그래서 멧버들을 임이 기거하는 방의 창 밖에 심어 달라고 간청한다. 잠은 망각과 휴지(休止)의 시간이다. 사랑의 망각, 사랑의 정지를 두려워하는 심정이 역력하다. 또는 밤의 잠자리를 같이하고 싶은 욕망의 표현일 수도 있다. 그런 밤에 비가 온다. 물론 그 비는 봄비다. 봄비는 죽음과 침묵과 망각과 정지 상태에 있는 만물을 소생시키는 힘이 있다. 그 봄비에 의해 새 잎이 돋는다. 봄비 중에서도 밤비다. 밤은 배신과 망각의 시간이다. 배신과 망각에 빠진 임에게 작자의 기억을 환기시키는 촉매작용을 하는 것이 비다. 비는 그리움의 감정을 환기시키는 근원적인 힘을 지니고 있다. 비, 그 중에서도 봄비, 봄비 중에서도 밤비에 새 잎이 나고, 임이 그것을 작자로 간주하면, 비로소 작자와 멧버들이나 새 잎의 동일화가 이루어진다. 요컨대, 초·중장에서의 멧버들을 애정의 전달 도구로 하여 작자와 임과의 사이에 거리를 두었는데, 종장에 이르러 멧버들은 도구에서 작자 자신으로 동일화되었으며, 뿐만 아니라 임과 작자와의 거리도 소멸된다. 대상과 작자와 임이 삼자의 거리나 이질감이 동일한 위치로 합일되는 것이며, 그 거리감은 극복되는 것이다. 마침내 시적 화자와 세계가 대립을 넘어서 합일화가 이루어지는 것이다.

　겨울날 따스한 볕을 임 계신 곳에 비추고저.
　봄 미나리의 살진 맛을 임에게 드리고저.
　임이야 무엇이 없을까만 내가 못 잊어 하노라.

겨울의 따스한 햇볕과 봄철 미나리를 애정의 징표로 임에게 보내고 싶다는 내용이다. 햇볕과 미나리를 애정 대신 전달하는 점에서 햇볕과 미나리는 일종의 기호의 역할을 한다. 햇볕은 따뜻한 애정을, 미나리는 청순한 애정을 상징하므로 두 기호는 유연적 상징이라 할 수 있다. 겨울은 죽음·냉혹·비정·침묵·폐쇄의 계절이다. 그에 반해서 봄은 해방·재생·자유·생명·희망·개방의 계절이다. 계절의 순환에서 삶의 질서를 느끼고, 그 삶의 질서 속에서 임에 대한 사랑을 구체적으로 실천하고 싶어 한다. 주고 싶다, 함께 하고 싶다는 욕망은 사랑의 속성 중에서도 본질적인 것이다. 자기만이 '겨울날 따스한 햇볕'과 '봄철 미나리의 살진 맛'을 향유할 수가 없다. 그렇지만 임은 무엇이 결여되었거나 부족한 임이 아니다. 완전구족(完全具足)의 임이다. 임은 풍요와 완전의 표상이다. 그런 임을 못 잊어 하는 마음이기에 일방적인 사랑이다. 애정시조의 일반적 특징인 상대적인 사랑이 아니고, 절대적인 사랑에 속한다.

다음의 시조는 상대적인 사랑의 한 전형을 보여준다.

두어도 다 썩는 간장(肝腸) 드는 칼로 베어내어

산호상(珊瑚床) 백옥합(白玉盒)에 점점이 담았다가

아무나 가는 이 있거든 임 계신 데 보내리라

임에게 보내는 애정의 징표가 썩은 간장이다. 간장은 5장 6부의 대유(代喩)이다. 5장 6부는 인체의 내부기관이다. 마음이 작용하는 곳이다. 따라서 간장이 썩었다는 말은 그리움으로 마음이 병들었다는 뜻이다. 지친 마음, 병든 마음, 야속하고 무정한 임을 향한 원망의 마음을 표상하는 썩은 간장을 예리한 칼로 베어, 그것도 점점이 저미어 담아 보낸다는 발상은 자학과 가학의 극을 이루는 행위로서, 자기파괴와 자기부정을 통하여 임의 마음에 타격을 주고, 손상을 끼치려는 저주심과 복수심의 발로이다. 애정의 표현치고는 소름끼치는 방법이요, 발상이다. 이별로 인한 고독을 감당하지 못하고, 또 앞의 두 시조에서처럼 승화시키지 못한 채, 원망과 증오, 저주와 복수의 감정으로 변질되었다. 정신적인 파산 상태에 빠진 것이다. 상대적인 사랑의 불가피한 파탄이요, 처참한 종말이 아닐 수 없다. 시조에는 이밖에도 애정의 징표로 사랑을 전달하는 매체로 옷, 편지, 낙엽, 눈물, 그림 등이 나타난다.

2. 전달자형

작자가 임에게 애정을 전달할 때 전달자가 대신 전달하는 경우가 있는데, 전달자는 사람만이 아니라 사물이나 동물이 되기도 한다.

> 기러기 산 채로 잡아 정(情)들이고 길들여서
> 임의 집 가는 길을 역력(歷歷)히 가르쳐주어
> 밤중에 임 생각 날 때면 소식 전하게 하리라.

기러기에게 전달자의 역할을 맡기는 것이 인위적이고 적극적이다. 자연적으로 하늘을 날아가는 기러기에게 자기의 소식을 임에게 전해 달라고 부탁하는 방식을 취하지 않고, 기러기를 생포하여 훈련시킨다는 발상이다. 자연의지의 객관세계를 주관화하는 데 있어서 심정적 차원에서 서정적 합일화를 꾀하는 게 아니라, 의지적 차원에서 시적 진술이 행해진다.

달아 두렷한 달아 임의 동창 비춘 달아

임 홀로 누웠더냐? 어느 낭자 품었더냐?

저 달아 본 대로 일러라 사생결단(死生決斷)

달을 전달자로 하고 있다. 그 달은 휘영청 밝은 두렷한 달이다. 달에 대한 작자의 신뢰감을 엿볼 수 있다. 찬미의 감정이 담겨 있다. 달은 아름다움과 충만감을 내포하고, 죽음과 재생을 거듭하는 영원불멸의 존재이다. 더구나 보름달은 원만구족(圓滿具足)의 표상(表象)이다. 인간은 이러한 달에게 외경 (畏敬)과 선망과 찬탄의 마음을 품지 않을 수가 없는 것이다. 그리하여 기도의 대상으로 삼은 건 당연한 귀결이다. 그러나 위의 시조는 양상이 다르다. 달이 하늘 높이 떠 있기에 임의 창문을 엿 볼 수 있었을 것이고, 임이 작자를 배신하였는지 안 하였는지도 알 수 있을 것이다. 이런 상정 아래 마치 죄인을 문초하듯 달에게 임의 사정을 묻는다. 숨김이 있으면 사생결단(死生決斷)을 내겠다고 위협한다. 임에 대한 절대적 믿음과 존경심은 찾아볼 수 없고, 의혹과 불신과 그로 인한 불안과 초조밖에 없는 시조다.

기러기 펄펄 다 날아드니 소식을 누가 전하리?

수심(愁心)은 첩첩(疊疊)한데 잠이 와야 꿈인들 꾸지.

차라리 저 달이 되어 비추어 볼까 하노라.

기러기를 주관화하는데 실패하고 있다. 기러기와의 합일화가 이루어지지 않는다. 자연과 인간 사이의 근원적인 대립을 의식한다. 기러기를 자기편으로 끌어들이는 데 실패했기 때문에 동류감을 느끼지 못한다. 또 수심(愁心) 때문에 잠을 이룰 수가 없다. 작자의 마음 속에 고독과 번민과 질투와 원한의 감정이 가득 차 있기 때문이다. 애정의 감정, 그리움의 감정은 승화되지 못하고 부정적인 저급한 감정으로 변질되었기 때문에 앞 시조의 경우처럼 간장이 썩어갈 뿐이다. 실재의 임이 아닌 꿈속의 임조차 만날 수 없다. 자아가 분열된 상태다. 임을 사랑하는 자아와 임을 증오하고 의심하고 저주하는 자아 사이의 갈등이 심각하다. 그래서 전달자 내지는 매개체로서의 기러기나 꿈을 상실하고, 자기 자신이 달로 직접 변신하고자 한다. 간접전달에서 직접전달로 전달의 방식이 바뀐다. 그만큼 사태는 절박하고, 또한 절망적이다. 이러한 심적 상태에서, 이와 같은 막바지에 봉착한 상황에서 살아서의 애정 전달을 체념하고, 임에 대한 하소연과 탄원을 단념하고, 죽어서 그 넋이 전생(轉生)하거나 변신하여 임에게 접근하여, 사랑을 고백하고 임을 고문하려고 한다. 살아서는 임과의 공간적 거리를 단축시킬 수 없고, 임에게의 접근이 불가능하다는 판단 아래, 또 냉혹한 현실임을 너무나도 잘 알기 때문에 죽음으로써, 전생 내지는 변신함으로써 임에게의 접근을, 임에게의 복수를 획책한다. 그리하여 전생(轉生)에 의한 애정전달의 시조가 나타난다. 한편 애정의 전달자는 기러기와 달이 대부분인데, 여울과 꿈인 경우도 있다.

3. 전생형(轉生型)

임과 이별한 상태에서 전달자에 의지해서 간접적으로 애정을 전달하지 않고 죽어서 다른 존재로 전생하여 임과의 공간적 단절을 극복하려는 일련의 시조들이 있다. 상대적인 애정관계에서 임에게 애정을 대신하는 기호(전언·사물)를 전달하기도 하였고, 그 기호를 전달해 달라고 중간자에게 청탁도 해 보았으나, 임은 방 안에서 잠이 들어 망각과 배신의 임으로 변해간다. 그런 임에 대해서 두 개의 자아가 갈등과 분열을 일으킨다. 임을 사랑하고 공경하는 자아와 임을 증오하고 불신하고 원망하고 저주하는 자아가 대립된다. 오히려 후자가 더 강해진다. 그리하여 극도의 절망에 빠지고, 마침내 자기학대와 자기파괴는 물론이요, 이런 부정적이고 공격적인 심리적 성향이 임에게로 고착된다. 이타적(利他的)인 성향은 전혀 사라지고, 오히려 사랑의 이기주의만이 작용하여, 원한과 저주의 화신이 된다. 임에 대한 집념은 고정관념으로 경직화되고, 이미 이성(理性)이 마비된 상태에서 임에게 자신의 애정을 전달하는데, 임에게 고통과 손상을 주기에 필사적이다.

그런데, 살아 있는 상태에서는 이것이 불가능하다. 삶의 의미를 상실하고, 세파와 고독에 대항하고, 극복할 정신적·육체적인 기력이 쇠진해진 터이므로 죽어서 넋이 다른 동물이나 사물로 전생하여 또는 변신하여 자신과 임 사이의 공간적 거리를 극복하려고 한다. 임과의 공간적 거리라는 객관세계의 장애를 극복하기 위하여 공간적 이동을 실현시키고자 할 때, 현실적인 방법으로는 불가능하고 실질적인 성과를 기대하기 어렵기 때문에 상대적인 사랑의 불가피하고 필연적인 귀결점으로 죽음의 길을 선택하고, 그 죽은 넋이 접동새나 귀뚜라미로 전생하여 임에게 접근하여, 배신과 망각의 시각인 밤에 임에게 애정을 하소연함으로써, 잃어버린 임의 사랑을, 식어버린 임의 정열을, 꺼져버린 임의 사랑의 불을 회생시키려고 안간힘을 쓰는 것이다. 이러한 노력은 자연에 대한 인간의 감응장치(感應裝置)를 이용하려는 저의가 역력하다. 인간으로서는 임을 감동시키지 못하고, 동물이나 다른 사물로 변신함으로써만 임을 감동시킬 수 있다는 발상이다. 작자가 인간 이하의 차원으로 강등(降等)하는 걸 의미하기도 하고, 임의 사랑을 받지 못하는 인간은 인간적 삶을 영위할 수 없고, 존재가치를 상실한다는 뜻을 함축하고 있기도 하다.

이 몸이 죽어서 접동새 넋이 되어

이화(梨花) 핀 가지의 속잎에 싸였다가

밤중에 살아나서 임의 귀에 들리리라

작자가 죽어서 접동새로 전생하여 임의 방 밖에 핀 배꽃나무 가지의 속잎
에 싸였다가 밤이 되면 접동새로 되살아나서 울어서 임의 귀에 들리게 하고
싶어 한다. 작자와 임의 공간적 거리를 단축하기 위해서 접동새로 전생하는
방법을 택하는 것이다. 접동새는 다른 여러 작품들에도 등장하는데, 이는
접동새가 중국 촉나라 망제의 전설과 결합되어 한(恨)의 미학(美學)을 창출
하는 데 용이하였기 때문이다. 접동새는 정서의 정과정(鄭瓜亭)과 이조년의
다정가(多情歌)와 같은 고려시대의 시가에서 비롯되어 서정주(徐廷柱)의 '귀
촉도(歸蜀途)'와 '국화(菊花) 옆에서'까지 연면히 이어져 오면서 시적(詩的)
변용(變容)을 일으켰는데, 시조에서의 접동새는 보편적인 소재와 이미지로
의 고착현상을 보였다. 이것은 시조의 작가들이 접동새에 대하여 일물일어
적(一物一語的)이고, 본질적이고, 즉물적(卽物的)인 태도가 아닌 개념적이고,
원형적(原型的)인 태도를 취하였음을 의미한다. 다시 말해서 구체적인 체험
에 뿌리를 둔 소재의 선택이 아니라, 추상화·관념화된 소재로 접동새를 수
용한 것이다. 그러나 전생시조는 접동새 이외에도 귀뚜라미, 술, 제비, 바람
등 다양한 소재를 선택하여 개성적이고 독창적인 면을 보여주기도 한다.

임 그린 상사몽(相思夢)이 귀뚜라미의 넋이 되어

추야장(秋夜長) 깊은 밤에 임의 방에 들었다가

날 잊고 깊이 든 잠을 깨워 볼까 하노라.

이 몸이 죽어서 임의 잔(盞)의 술이 되어

속에 흘러 들어가 임의 안을 알고자 한다.

매섭고 박절(薄絶)한 뜻이 어느 구멍에 들었는고.

이 몸이 죽어서 강계갑산(江界甲山) 제비가 되어

창 밖 추녀 끝마다 종종 자주 집을 지어

임 자는 그 집에 들른 체하고 임의 방에 들어가리.

이 몸이 죽어서 무엇이 될까 하니

춘삼월(春三月) 동풍(東風)이 되어 임의 품에 들고 싶다.

아마도 임과 동풍은 일시불변(一時不變)하리라.

이러한 전생시조는 서사적 사건이 '작자의 죽음-전생-공간적 접근-시간
포착-임에 대한 하소연'의 순서로 진행되는 유형성을 보인다. 첫 번째 사건
은 작자의 죽음이다. 작자가 죽음을 갈망하는 것은 현실적인 애정의 좌절감
에 기인하는데, 죽음을 고독과 고뇌로부터 해방될 수 있는 유일한 길이라고
생각하기 때문이다. 삶을 포기하고 죽음을 선택하는 것—이것은 새로운 가
능성의 지평을 열기 위한 최후의 결단이다. 비인간화된 삶의 형태를 깨고 재
생하기 위한 자아혁신이요, 에로스의 속성인 죽음의 실현인 것이다. 두 번
째 사건은 전생이다. 전생은 불교적인 윤회사상(輪廻思想)만이 아니라, 민간
신앙적인 변신(둔갑)사상과도 접맥되어 있다. 세 번째 사건은 임에게 물리
적으로 최대한 접근하는 것이다. 공간적 거리는 물리적인 것과 심리적·정
서적·추상적인 것 두 가지로 나눌 수 있겠는데, 전생시조에 나타나는 공간
적 거리는 물리적인 것이 우세하다. 네 번째 사건은 적의(適宜)한 시간의 포

착이다. 대체로 밤을 시간적 배경으로 하고 있는데, 밤이 망각과 배신의 시간이기 때문이다. 그런가 하면 작자한테는 욕망과 고독의 시간이기도 하다. 그래서 작자는 애정욕의 충족이 차단된 상황에서 독수공방하며 고독과 비탄 속에서 내적 갈등에 오뇌하다가 급기야 임을 증오하고 원망하고 저주하기에 이른다. 이처럼 밤은 임에게 사랑을 하소연하기에 적합한 시간이면서, 배신과 망각의 현장에서 복수할 수 있는 절호의 기회가 된다. 다섯 번째 사건은 임의 감응을 기대하는 하소연, 또는 배신한 임에 대한 복수이다. 죽음은 무화(無化)를 뜻하고, 넋[魂]이 저승으로 가는 것인데, 작자는 전생과 변신을 하여 이승에 머물기를 원한다. 그리하여 살아서는 이루지 못한 사랑을 죽어서라도 이루려는 집념을 보이거나, 반대로 임을 원망하고, 저주하고, 심지어는 복수를 꾀하기도 한다.

제7장

남파시조와 노가재시조의 비교

1. 중인시조의 대두

고려 전기의 문벌귀족층이 붕괴된 무신집권기에 학문과 행정의 능력을 보충하여 주는 역할을 담당하면서 중앙정계에 진출한 지방 향리 출신의 관료적 학자들을 중심으로 하여 형성된 신흥사대부가 원의 지배와 왕정복고 시기에 대두한 권문세족에 대항하면서 사상적으로는 주자학으로 무장하고 문학적으로는 문벌귀족과 권문세족의 시가문학(고려속요)에 맞서는 새로운 시가 형태인 경기체가와 시조를 창출하였는데, 이 두 시가는 신흥사대부가 유교를 지배이데올로기로 하고서 조선을 건국함에 따라 사대부의 유교사상과 정서를 표현하는 서정시가로 자리매김하였다. 그러나 양반사대부의 유흥 상대로서 기생적(寄生的) 존재였던 기녀층으로 확장되면서 주제 면에서도 유교이념의 형상화라는 주제의 고착성을 깨뜨리고 애정세계의 형상화에로 확장되었다. 그러나 18세기에 이르러서 중인층 가객 출신의 시조작가가 출현함에 따라 시조작가층이 중인층으로 확장되었는데, 대표적 인물이 김천택과 김수장이다. 조선 후기(18·19세기)에는 양반사대부의 주자학적 지배체제와 유교적 문학과 예술이 정면으로 비판과 도전을 받기에 이르렀는데, 민중들이 판소리와 탈놀이와 같은 공연문화로 양반문화에 대항하였다.

위항인(委巷人) 또는 여항인(閭巷人)으로 불리는 중인층도 양반의 한시를 수용하여 자기네들의 의식·감정과 생활체험을 표현하는 소위 위항시를 창작할 뿐만 아니라, 시사(詩社)를 결성하고『소대풍요(昭代風謠)』를 비롯한 위항시집을 간행하였고, 양주와 봉산에서는 이서층이 중심이 되어 탈놀이를 연행하였다. 한편 사대부 내부에서도 비판적인 지식인들은 사설시조를 창작하여 시조의 새로운 미학을 개척하고 표현 영역을 확장시켰으며, 한문단편을 통해서는 주제와 문체 면에서 커다란 변화를 일으켰다. 또 회화와 서도에서도 중국의 모방 단계에서 벗어나 진경산수화(眞景山水畵)와 풍속화가 등장하고, 추사체(秋史體)가 확립되었다. 이와 같이 조선 후기의 문화계는 양반문화, 중인문화, 민중문화가 층위를 이루며 대립하고 경쟁하는 가운데 서로 영향을 주고받으며 사회문화적 계층분화가 활발하게 일어났다. 시조문학도 이와 같은 사회문화사적 추세에 상응하여, 가곡창이 시조창으로 바뀌고, 양반의 여기론(餘技論)과는 대조적으로 직업적이고 전문적인 가객과 작가가 출현하고, 가단이 형성되고, 가집이 편찬되었다. 이러한 변화의 중심에 김천택과 김수장이 위치하는데, 두 사람의 관계에 대해서 학계에서 처음에는 18세기의 동시대인, 중인신분, 시조창작, 가단형성, 가집편찬 등과 같은 공통점이 강조되었다가 나중에는 활동시기, 인맥, 시가관, 작품의 내용, 미의식의 이질성과 차이점을 주목하였다. 그리하여 김천택은 사대부의 미의식에 동화된 상태에서 평시조만 창작하였기 때문에 사대부시조의 아류를 벗어나지 못하였고, 김수장은 서민적 미의식을 지향하였기 때문에 평시조만이 아니라 사설시조도 창작하였고 보았다. 그러나 이러한 단순화는 김천택의 시조에 나타나는 신분적 갈등과 이를 극복하려는 노력을 간과할 수 있고, 김수장의 시조에 나타나는 중인문화의 정체성 정립이라는 측면을 과소평가할 수 있다. 따라서 두 작가의 작품세계 내부에서 일어난 신분갈등과 그것의 예술적 극복과 승화라는 측면, 다시 말해서 사대부의 시조문학을 하향적으로 수용 계승하여 중인층의 문학과 예술로 정립시키는 과정에서 필연적으로 겪었을 양반문화 지향성과 서민의식 사이의 갈등과, 정치사회적인 신분 상승의 좌절과 이를 극복하려는 자기구원의 모색에 대해 살펴보려고 한다. 그럼으로써 그들 의식세계의 역동적인 변모과정을 재구성하고, 그 편차가 지니는 시조사적(時調史的) 의미도 밝힐 수 있을 것으로 기대되기 때문이다.

2. 남파시조의 작품세계

김천택과 같은 중인층은 양반 사대부로부터 그들 문화에 동화되길 강요받는 한편, 또 다른 측면에서는 실무기술 담당층으로서만 존재 의의를 인정받았기 때문에, 양반과 상민의 중간적 존재로서 계층적 갈등을 일으켰으며, 그리하여 양반계층의 도구적 존재이기를 거부하고, 민중의 사회경제적 성장과 의식의 각성에 힘입어 중재자적 위치를 다지면서 양반문화에 대응하는 여항문화를 독자적으로 형성·발전시켰다고 본다. 그리하여 한시·시조와 같은 상층문화를 하향적으로 수용할 뿐만 아니라, 탈놀이·판소리 같은 하층문화를 상향적으로 수용하여 문화의 확산과 유통 과정에서 주도적 역할을 담당하였던 것이다. 따라서 이와 같은 맥락에서 볼 때, 김천택의 시조는 ① 유학을 숭상하며 수신(修身)과 교화(敎化)에 힘쓴 작품, ② 신분적 제약 때문에 자아실현의 길이 봉쇄된 상태에서 좌절과 회한을 노래한 작품, ③ 술, 자연, 예술에서 구원을 모색한 작품 등 세 가지 유형으로 나눌 수 있다.

1) 유교적 질서에의 순응

중인층 가객은 양반을 상대로 양반시조를 가창하기 때문에 양반에 기생(寄生)하는 존재였다. 따라서 이러한 신분과 역할의 한계 때문에 양반의 유교적 질서에 순응할 수밖에 없었다.

이산(尼山)에 강채(降彩)하여 대성인(大聖人)을 내리시니,
계왕성(繼往聖) 개래학(開來學)에 덕업(德業)도 높도다.
아마도 여러 성인(聖人) 중 집대성(集大成)은 공부자(孔夫子)인가 하노라.

하늘이 내린 공자가 백이의 청(淸), 이윤의 임(任), 유하혜의 화(和)를 집대성하여 후학에게 도통(道統)을 전해줌으로써 성인의 인덕(仁德)을 베풀고 공업(功業)을 세웠음을 찬양하였다. 김천택이 제일 숭모한 인물이 공자였다고 하는데, 그의 사상적·정신적 기반이 유가사상(儒家思想)임을 단적으로 드러냈다.

인간(人間) 어느 일이 천명(天命) 밖에 생겼으리?
길흉화복(吉凶禍福)은 하늘에 맡겨 두고,
그밖에 여남은 일일랑 되는대로 하리라.

천명(天命)에 순응하고, 안분자족(安分自足)하려는 생활태도를 보인다. 김천택은 양반의 정신적 지주인 유가사상을 수용하여 양반계층과의 사상적·정신적 동일성을 획득하여 주류사회에 편입되려고 하였다. 그렇지만 김천택은 양반지배체제에서 궁극적으로 신분의 제약을 벗어날 수 없었기 때문에 자아를 실현시키려는 의지와 꿈은 좌절될 수밖에 없었다.

2) 좌절과 소외

사농공상의 신분제 사회에서 중인 신분의 한계 때문에 현실에서 좌절감과 소외감을 느낄 수밖에 없었다.

나뭇가지 실은 천리마(千里馬)를 알아볼 이 뉘 있으리?
십 년 마판에 속절없이 다 늙었다.
어디서 살찐 쇠양마(馬)는 외용지용 하느냐?

땔나무를 실어 나르면서 10년 세월을 마구간에서 늙어가는 천리마와 살찐 쇠양마를 대조시켜 자질과 능력에 따라 사회적 신분과 지위가 결정되지 못하는 신분제 사회의 모순과 부조리를 개탄하고 있다.

장검(長劍)을 빼어들고 다시 앉아 헤아리니
흉중(胸中)에 먹은 뜻이 한단보(邯鄲步)가 되었구나.
두어라 이 또한 운명이거니 일러 무엇하리요?

장검을 빼어들고서 호기 있게 일어섰다가 다시 앉아 생각하니 대장부의 뜻이 남가일몽이 되었다고 탄식하면서 운명이니 어쩔 수 없다고 체념한다. 무인(武人)으로 출세하려던 야망이 좌절되고, 숙명론적 체념에 빠지고 있다. 양반의 반열(班列)에 낄 수도 없고, 중인적 실무기술에도 숙달되지 못한 참담한 처지를 보여주고 있다. 그리하여 다음과 같은 남이(南怡)의 시조와는 대조적이다.

장검(長劍)을 빼어들고 백두산(白頭山)에 올라보니

대명천지(大明天地)에 성진(腥塵)이 잠겨 있다.

언제나 남북풍진(南北風塵)을 헤쳐 볼까 하노라.

남이는 '장검을 빼어들고 백두산에 올라가는' 외향적이고 상승적인 행동으로 이어지는데, 김천택은 '장검을 빼어들고 도로 앉아 생각하는' 체념적이고 내향적인 행동으로 이어짐으로써, 남이의 시조는 의기충천하고, 담대성과 용맹성을 보여주는 데 반해서 김천택의 시조는 무력한 패배주의를 보여준다.

녹이상제(綠駬霜蹄) 마판에서 늙고 용천설악(龍泉雪鍔) 갑(匣) 속에서 운다.

장부(丈夫)의 품은 뜻을 속절없이 못 이루고

귀밑에 흰털이 날리니 그를 서러워하노라.

준마는 마구간에서 늙고, 명검은 칼집 속에서 녹이 스는 가운데 대장부의 웅대한 뜻을 이루지 못한 채 몸만 늙어간다고 한탄한다. 이 작품 역시 무인으로 출세하려던 대장부의 포부를 이루지 못한 채 늙어버린 회한(悔恨)을 노래하고 있는 점에서 앞의 작품과 맥을 같이한다. 그리하여 최영(崔瑩)의 다음 시조와 대조된다.

녹이상제(綠駬霜蹄) 살찌게 먹여 시냇물에 씻겨 타고

용천설악(龍泉雪鍔)을 들게 갈아 다시 빼어 둘러매고

장부(丈夫)의 위국충절(爲國忠節)을 세워 볼까 하노라.

최영의 시조는 말은 살찌게 먹이고, 칼은 예리하게 갈아, 득의연(得意然)

하는 패기가 넘치는데, 김천택의 시조는 말은 늙고, 칼은 울고, 인간 또한 노쇠하여 무력감과 회한으로 가득 차 있다.

백구(白鷗)야 놀라지 마라 너 잡을 내 아니다.
성상(聖上)이 버리시니 갈 곳 없어 여기 왔노라.
이제는 찾을 이 없으니 너를 좇아 놀겠노라.

임금으로부터 버림받고 타의에 의해 자연을 찾게 되었다고 현실에서의 소외의식을 드러냈다.

고금(古今)에 어질기야 공부자(孔夫子)만 할까마는
철환천하(轍環天下)하여 목탁(木鐸)이 되었으니
나 같은 썩은 선비야 일러 무엇하리요?

공자도 현실에서 뜻을 이루지 못한 사실을 자신과 비교하여 불우한 신세를 자위하였다. 이처럼 소외감, 좌절감, 패배감을 표출한 작품들이 적지 않다. 이것은 김천택이 중세기적인 신분질서의 모순에 의해 희생되었음을 의미하며, 따라서 김천택의 소외의식과 패배주의는 개인적·기질적인 차원을 넘어서서 사회적·시대적인 차원에서 이해해야 온당하다.

3) 구원의 모색
김천택은 신분사회의 질곡상태에서 벗어나기 위한 방편으로 술과 자연과 음율(音律)을 선택하였다.

부생(浮生)이 꿈이거늘 공명(功名)이 아랑곳할까.

현우귀천(賢愚貴賤)도 죽은 후이면 다 매한가지.

아마도 살아 한 잔(盞) 술이 즐거운가 하노라.

공명과 부귀영화를 초월할 수 있게 해주는 술을 예찬하였다. 술이 세속적인 욕망과 번뇌로부터 김천택을 해방시켜 주는 구원자의 역할을 한 것이다.

서검(書劍)을 못 이루고 쓸 데 없는 몸이 되어

오십춘광(五十春光)을 한일 없이 지내왔구나.

두어라 어니 곳 청산(靑山)이야 날 꺼릴 줄 있으랴?

양반지배체제에서 소외당하여 문무(文武) 어느 쪽에서도 뜻을 펴지 못한 채 50대에 접어든 김천택이 자기를 수용해 줄 자연을 귀의처로 삼고자 하였다. 이 시조에서 김천택이 『청구영언』(1728; 영조4)을 편찬한 시기가 50세 이후였음이 분명해진다. 따라서 이를 근거로 김천택의 출생연도를 추산하면 1680년 이전이 된다.

세상이 번우(煩憂)하니 강호(江湖)로 나가자꾸나.

무심(無心)한 백구(白鷗)야 오라고 하며 가라고 하랴

아마도 다툴 이 없음은 다만 여긴가 하노라.

백구(白鷗)로 대변되는 자연은 현실의 번우로부터 김천택을 구원해 줄 이상세계임을 노래하고 있다.

공명(功名)이 그것이 무엇인가 욕(辱)된 일이 많도다.

삼배주(三盃酒) 일곡금(一曲琴)으로 사업을 삼아두고

이 좋은 태평연월(太平烟月)에 이리저리 늙으리라.

　공명을 포기하고 술과 거문고로 사업을 삼아 태평성대를 즐기겠다고 하여 정치적인 좌절을 예술로 승화시키고 있다.

　김천택은 양반이 창작한 시조를 양반을 위해서 가창하는 가객으로 출발하였으나, 문학적 소양을 갖추어 시조를 창작하는 작가로 변신하는 데 성공하였다. 그리하여 그의 시조에는 양반의 여기론(餘技論)을 극복하고 직업적인 작가로 입신하는 과정의 정신사적·의식사적 궤적이 투영되어 있다. 김천택의 시조는 양반문화와 양반사회에 동화하려는 의식성향이 보이는 점에서 양반시조의 모방이고 아류라고 볼 수도 있다. 그렇지만 유교문화를 수용하여 주류사회에 편입되려고 하였으나, 완강한 신분제 사회의 한계 때문에 좌초되자, 소외감과 좌절감과 패배주의에 잠기기도 하지만, 마침내는 술에서 위로를 얻고, 자연에의 귀의에 의해 마음의 평온을 찾고, 예술적 재능을 계발하여 일가를 이룬 점에서 중인시조작가로서 문학적 성취를 이루었다고 평가할 수 있다. 한편 김천택은 시조의 가창과 창작에 머물지 않고, 가집『청구영언』을 편찬하면서 중인시조를 양반시조와 함께 수록함으로써 중인시조를 양반시조와 대등한 반열에 올려놓았다. 또한 경정산(敬亭山) 가단을 형성하여 중인시조의 담당층을 조직화하여 사회문화적 운동을 주도하였다. 이러한 일련의 활동을 통하여 김천택은 18세기 전반기 중인시조문화를 대표하는 인물이 되었다.

3. 노가재(老歌齋)시조의 작품세계

노가재시조의 내용은 다양하지만, 남파시조의 내용을 분류했던 시각과 방법에 준거해서 분류해 보면, ① 유교적 가치를 지향한 노래, ② 불우한 삶의 노래, ③ 풍류의 완성 등 세 가지 유형으로 나누어진다.

1) 유교적 가치 지향

김수장도 김천택과 마찬가지로 지배이데올로기인 유학을 숭상하여 공자를 숭배하였다.

공부자(孔夫子)가 사람이시로되 의연(依然)한 하늘이시라.

의리(義理)를 풀어내어 오륜(五倫)을 밝히시니 지우(至遇)한 민민(民珉)이 절로 어질어진다. 국태평(國太平) 민안락(民安樂)이 오로지 다 성덕(聖德)이로다

천재후(千載後) 이같은 대인군자(大仁君子)가 또 없을까 하노라.

공부자(孔夫子)가 하늘의 뜻에 의해 의리와 오륜으로 백성을 교화(敎化)하였다. 이처럼 나라의 태평과 백성의 안락을 이룩한 성덕을 베풀었으니, 천년 뒤에도 다시 나타나지 않을 어진 군자라고 찬양하였다.

한식(寒食) 비 갠 후에 국화(菊花)움이 반가워라.

꽃도 보려니와 일일신(日日新)이 더 좋아라.

풍상(風霜)이 섞어 칠 때 군자절(君子節)을 피운다.

국화꽃이 '움→일일신→꽃'으로 성장하여 서리 속에서 피는 사실을 통

하여 절개를 지키는 군자의 인격이 형성되는 과정을 형상화하였다.

동야(東野)에 친경(親耕)하시고 북궁(北宮)에 수잠(手蠶)하시니
애민은덕(愛民恩德)이 우주에 들이었다.
우리도 화봉축성(華封祝聖)으로 수부다남(壽富多男)하소서.

영조(英祖)는 수차례에 걸쳐 친경(親耕)하고, 왕비는 친잠(親蠶)(1767: 영조
43)하여 애민의 은덕을 내리니, 이에 감격하여 화봉인(華封人)이 요제(堯帝)
에게 하였듯이 장수와 부(富)와 다남자(多男子)를 축원하였다. 조정에 대한
충성심도 지극하였음을 알 수 있다.

도선(道詵)이 비봉(碑峰)에 올라 국도(國都)를 정할 때
자좌오향(子坐午向)으로 성궐(城闕) 이루었는데, 좌청룡(左靑龍) 우백호(右白
虎)와 남주작(南朱雀) 북현무(北玄武)는 귀격(貴格)으로 벌려 있고, 전대하(前帶
河) 한강수(漢江水)는 여천지(與天地) 근원(根源)이라. 태묘(太廟)는 가좌(可左)
하고 사단(社壇)은 가우(可右)로다. 삼봉(三峰)이 수려(秀麗)하니 인걸(人傑)이
호준(豪俊)하고, 와우산(臥牛山) 유덕(有德)하니 민식(民食)이 풍족(豊足)이라.
성계신승(聖繼神承)하여 억만년지무강(億萬年之無彊)이도다.
하늘이 주신 뜻을 받들어 만만세(萬萬歲)를 누리소서.

비봉은 신라 진흥왕순수비가 있던 봉우리인데, 서울을 도읍지로 정한 것
은 도선선사가 아니라 무학대사이고, 비봉이 아니라 국망봉(만경대)에 올라
가서 풍수지리에 의해서 서울이 명당임을 확인하였다. 혈처(穴處)인 경복궁
의 좌향(坐向)을 남향으로 하고, 북방의 현무는 주산(主山) 북악산으로 삼고,

동방의 청룡은 낙산으로 삼고, 서방의 백호는 인왕산으로 삼고, 남방의 주작은 관악산을 조산(朝山)으로 남산을 안산(案山)으로 삼았다. 한강수는 배산임수(背山臨水)를 의미하는데, 산은 양이고, 물은 음이 되어 하늘은 양이고 땅은 음이 되는 것과 같은 음양의 원리에 근거하고, 이 음양이 만물의 근원이다. 종묘(宗廟)는 경복궁의 좌측에, 사직단(社稷壇)은 우측에 위치한다. 북한산, 곧 삼각산이 산세가 수려하므로 명당인 한양에서 많은 호걸과 준재가 배출되고, 와우산이 크니 백성의 식량이 풍족하다. 이처럼 한양이 천혜(天惠)의 명당이므로 신성하고 거룩한 자손들이 왕위를 이어받아 다스리면 무궁하게 번영할 것이다. 대충 이러한 내용으로 풍수지리사상에 입각하여 한양을 찬미하고, 왕조에 대한 충성심을 표현하였다. 요컨대 풍수지리로 명당인 한양을 도읍지로 한 사직의 무궁한 번영을 송축하였다. 한양찬가라 할 수 있는데, 사설시조로 악장(樂章)을 지은 셈이다. 이상에서 살펴본 바와 같이 김수장은 공자를 성인군자요 인류의 스승으로 숭배하고, 그의 가르침을 쫓아 군자의 덕을 쌓고, 문무를 완성하여, 왕조에 충성하고, 세인을 교화하려 하는 등 유교적 질서를 추구하였다.

2) 불우한 삶

김수장은 중인 신분의 가객이었기 때문에 사회경제적으로 불우하였음을 시조로 표현하였다.

화개동(花開洞) 북쪽 기슭에 초암(草菴)을 얽어지으니
바람, 비, 눈, 서리는 그럭저럭 지내어도
언제에 따스한 햇빛이야 쬐어볼 줄 있으랴?

바람·비·눈·서리로 상징되는 불우한 처지에서 따뜻한 햇빛으로 상징되는 득의(得意)의 세월을 갈망하였다. 그런데, 화개동의 초가집은 노가재(老歌齋)라는 정자로 김수장이 70세의 원숙기에 독자적으로 중인시조문화를 주도할 수 있는 공간의 확보라는 의미를 지닌다.

이 시름 저 시름 여러가지 시름 방패연(防牌鳶)에 세세성문(細細成文)하여
춘정월(春正月) 상원일(上元日)에 서풍이 고이 불 제 백사(白絲) 한 얼레를 끝까지 풀어 띄울 제 큰 잔(盞)에 술을 부어 마지막 여송(餘送)하자 둥게둥게 둥둥 떠서 높고 높이 솟아올라 백룡(白龍)의 굽이같이 굼틀 뒤틀 뒤틀어져 구름속에 들어갔구나. 동해바다 건너가서 외로이 서있는 나무에 걸었다가
풍소소(風蕭蕭) 우낙낙(雨落落)할 제 자연소멸(自然消滅)하여라.

정월 보름에 연을 날려 보내면서 한해의 액운을 예방하려는 풍속을 소재로 하여 인생사의 시름을 동해바다에까지 날려 보내고 싶어 하였다. 주술적(呪術的) 행위를 통하여 시름을 없애려 한 김수장의 인간적 염원을 엿볼 수 있다. 이처럼 비록 작품 수는 적지만 가난의 슬픔, 소외의식, 번뇌의 극복의지 등을 표현한 작품들을 통하여 김수장이 신분적 한계와 불우한 처지를 한탄하고 극복하고자 한 사실을 알 수 있다.

3) 풍류의 완성
김수장은 공자를 사표(師表)로 삼고 유교문화를 적극적으로 수용하여 자기완성을 꾀하였으나, 다른 한편으로는 자유분방함과 패기도 보여준다.

심성(心性)이 게으르므로 서검(書劍)을 못 이루고

품질(稟質)이 우소(迂疎)하므로 부귀(富貴)를 모르도다.
칠십재(七十載) 애써서 얻은 것이 일장가(一長歌)인가 하노라.

서검(書劍)을 못 이룬 것은 중인신분 때문인데도 심성의 게으른 탓으로 돌리고, 부귀도 누리지 못한 것은 세상 물정에 어둡고 민첩하지 못한 탓으로 돌리고, 70살에 시조의 가창과 창작에서 일가를 이룬 자신을 확인하는 점에서 안국방(安國坊) 화개동(花開洞)에 노가재(老歌齋)를 지은 1760년(영조36년, 71세) 이후의 작품으로 보인다.

와실(蝸室)은 부족하나 십경(十景)이 벌려 있고,
사벽도서(四壁圖書)는 주인옹(主人翁)의 심사(心事)로다.
이밖에 군마음 없는 이는 나뿐인가 하노라.

만년(晩年)에 화개동에 지은 노가재란 정자(亭子)가 밖으로는, 동으로 낙산(洛山), 서로 인왕산, 남으로 남산, 북으로 연대(蓮坮) 등에 둘러싸여 동령호월(東嶺皓月), 서령낙조(西嶺落照), 남루명종(南樓鳴鍾), 북악청풍(北岳淸風), 경회송림(慶會松林), 왕래백로(往來白鷺), 인봉조하(寅峰朝霞), 원촌모연(遠村暮烟), 만곡화향(滿谷花香) 등 소위 노가재십경(老歌齋十景)을 얻고, 안으로는 사벽도서(四壁圖書)에 에워싸여 안빈낙도(安貧樂道)하는 모습을 그렸다.

내 살림살이 담박(淡溥)한 중에 다만 남아 있는 것은
수경포도(數莖葡萄)와 일권가보(一卷歌譜)뿐이로다.
이중에 유신(有信)한 것은 풍월(風月)인가 하노라.

살림살이가 넉넉지 못한 처지에서 한 권의 가보(歌譜), 곧 『해동가요(海東歌謠)』가 김수장의 예술을 총결산하는 유산으로 남게 된 사실을 감회 깊게 진술하였다.

　　팽조(彭祖)는 수일인(壽一人)이요 석숭(石崇)은 부일인(富一人)을
　　군성중(群聖中) 집대성(集大成)은 공부자(孔夫子)가 일인(一人)이시다.
　　이중에 풍류광사(風流狂士)는 내기 일인(一人)인가 하노라.

　　팽조는 장수를, 석숭은 부를 상징하는 인물이고, 제자백가 중에서 집대성을 이룬 성인은 공자이듯이, 김수장은 당대 가단(歌壇)의 제일인자임을 자부하고 있다.

　　노래같이 좋고 좋은 줄을 벗님네 알고 있는가?
　　춘화류(春花柳) 하청풍(夏淸風)과 추명월(秋月明) 동설경(冬雪景)에 필운(弼雲) 소격(昭格) 탕춘대(蕩春臺)와 한북절승처(漢北絶勝處)에 주효(酒肴) 난만(爛熳)한데, 좋은 벗 갖은 해적(稽笛) 아름다운 아무개 제일명창(第一名唱)들이 차례로 벌려 앉아 얼떨결에 불을 적에 중(中)한닙 삭대엽(數大葉)은 요순우탕문무(堯舜禹湯文武)같고 후정화(後庭花) 낙시조(樂時調)는 한당송(漢唐宋)이 되었는데, 소용(搔聳)이 편락(編樂)은 전국(戰國)이 되어 있어 도창검술(刀槍劍術)이 각자(各自) 등양(騰揚)하여 관현성(管絃聲)에 어리었다.
　　공명(功名)도 부귀(富貴)도 나 몰라라 남아(男兒)의 이 호기(豪氣)를 나는 좋아 하노라.

　　한강 북쪽에 있는 절승지인 필운대, 소격대, 탕춘대 등지에서 깡깡이와 피

리 소리에 맞추어 일류 명창들이 시조를 다양한 분위기의 음악, 곧 중대엽과 삭대엽, 후정화와 낙시조, 소용과 편락 등을 부르는데, 노가재는 부귀와 공명은 아랑곳없고, 그와 같은 호기 있는 풍류를 좋아한다 하였다. 이처럼 전대의 강호가도가 자연에서 구원을 찾았다면, 노가재는 풍류 그 자체를 목적 가치로 추구하는 예술지상주의의 성향을 보인다. 그리고 무장(武將)만이 아니라 세속적인 가치를 거부하는 호기(豪氣)를 지닌 시인과 가인(歌人)도 영웅적인 인물로 간주하였다. 김수장 자신이 영웅적 기상을 지닌 인물로 영웅적 기상을 가진 인물들을 숭배한 것으로 보인다.

　김천택은 평시조만 창작하고, 『청구영언(青丘永言)』을 편찬하면서 처음에는 사설시조를 포함시키지 않으려 하였다. 이러한 사실은 기녀시조가 남녀의 애정을 표현하여 양반시조의 유교적 이념을 극복한 것과는 다르게 초창기 중인시조는 양반시조의 사상적·미학적 기반을 충실하게 계승한 사실을 의미한다. 다시 말해서 작가층의 확장이 시조의 질적 변화를 일으키지 못한 것이다. 그렇지만 김수장은 유교문화의 범주를 벗어나지 못한 점은 김천택과 동일하지만, 서민문화도 수용하여 중간계층의 중재적 역할을 수행하였고, 악사·기녀와 함께 연대하여 양반에게 봉사하는 대신 독자적으로 공연예술을 즐기려 함으로써 중인시조, 중인예술, 중인문화의 정체성을 확립한 점에서 김천택과 구별된다. 김천택의 시조문화와 김수장의 시조문화 사이의 이러한 차이는 개인적인 기질과 성향의 차이이기도 하지만, 18세기 전반과 후반이라는 시대적 요인도 함께 작용한 것으로 보는 것이 온당할 것이다.

| 제8장 |

춘향가의 쑥대머리

서편제의 판소리를 계승한 임방울(1904~1961)이 1930년대 초기에 불러서 큰 반향을 불러일으켰던 쑥대머리는 감옥에 갇힌 춘향이가 한의 정점에서 토해내는 피맺힌 절규였다. 일제의 억압을 받던 한국인이 춘향의 처지와 심경에 공감을 느낀 탓에 폭발적인 인기를 누렸는데, 일본에서 취입한 음반은 한국·일본·만주 등지에서 100만 여 장이나 팔렸다고 한다. 현재에도 춘향가의 삽입가요로 사랑가와 함께 널리 애창되고 있다. 따라서 임방울의 창본을 일부 표기를 교정하여 내용을 살펴보는데, 안숙선의 창본에서 추가된 부분은 괄호 안에 넣는다.

쑥대머리 귀신형용
적막(寂寞)옥방(獄房)의 찬 자리에
생각난 것이 임뿐이라.

뼈 속까지 냉기가 파고드는 차가운 감옥에서 '쑥대머리'로 환유(換喩)되는 귀신의 꼬락서니를 하고 있는 처량한 신세를 한탄하면서 단절과 소외의 절망 속에서 삶의 의지를 포기하지 않고 목숨줄을 붙잡고 버티게 하는 유일한 존재가 임뿐이라고 토로한다. 그렇지만 온몸에 속속들이 스며든 죽음의 냉

기 속에서 사무치는 그리움이 오히려 따뜻한 온기가 되어 마지막 기대감과
희망을 품게 한다.

> 보고지고 보고지고
> 한양(漢陽) 낭군(郎君) 보고지고
> 오리정(五里亭) 이별 후로
> 일장서(一狀書)를 내가 못 봤으니
> 부모봉양 글공부에
> 겨를이 없어서 이러난가
> 연이신혼(然而新婚) 금실우지(琴瑟遇之)
> 나를 잊고 이러는가

 이도령으로부터 소식이 두절된 이유를 궁금해 하는데, 학문에 정진하느
라 그러는지, 아니면 춘향을 배신하고 다른 여자와 혼인을 해서 그러는지 온
갖 의혹이 꼬리를 물고 생겨 춘향의 마음을 어지럽히고 괴롭게 만든다.

> 계궁항아(桂宮姮娥) 추월(秋月)같이
> 번뜻 솟아서 비취고저
> 막왕막래(莫往莫來) 막혔으니
> 앵모서를 내가 어이 보며
> 전전반측(輾轉反側)에 잠 못 이루니
> 호접몽(胡蝶夢)을 어이 꿀 수 있나
> 손가락의 피를 내어
> 사정으로 편지할까

간장(肝腸)의 썩은 눈물로

임의 화상(畵像)을 그려볼까.

〔이화일지(梨花一枝) 춘대우(春待雨)에

내 눈물을 뿌렸으며

야우문령(夜雨聞鈴) 단장성(斷腸聲)에

비만 와도 임의 생각

추오동(秋梧桐) 엽락시(葉落時)에

잎만 떨어져도 임의 생각〕

녹수부용(綠水芙蓉)의 연(蓮)캐는 채련녀(採蓮女)와

제롱방채엽의 뽕따는 여인네도

낭군생각은 일반이라.

〔날보다는 좋은 팔자〕

옥문(獄門) 밖을 못나가니

뽕을 따고 연 캐겠나?

　임과의 이별과 단절을 극복하는 방법으로 달로의 전생(轉生), 편지, 꿈, 화상 그리기, 그리고 중국『시경(詩經)』처럼 연뿌리를 캐거나 뽕잎을 따면서 성문 밖에서 기다리는 방법 등을 떠올린다.

　내가 만일에 임을 못 보고

옥중원귀(獄中寃鬼)가 되게 되면

무덤 근처 있는 돌은

망부석(望夫石)이 될 것이요.

무덤 앞에 섰는 낭구(나무)는

상사목(相思木)이 될 것이니,

생전(生前) 사후(死後)의 이 원통(冤痛)을

알아줄 이가 뉘 있더란 말이냐.

〔아이고 답답 내 일이야

이를 장차 어쩔거나〕

　

여러 가지 방법으로 이몽룡과의 재회와 소통을 시도하였지만, 모두 부질 없는 짓이 되고, 끝내 이몽룡을 보지 못하고 죽을 것을 생각하니 억울하고 원통하기 그지없다. 감옥에 갇혀 있어 바깥세상으로부터 고립된 채 하소연 하고 도움을 요청할 길도 없는 극한상황에서 속수무책이다. 그리하여 다음 과 같은 독백을 내뱉는다.

　

아무도 모르게 울음 운다.

　

‘아무도 모르게’와 ‘울음을 운다’는 말에는 정말 처절하고 복합적인 춘향 의 심리와 정서가 함축되어 있다. ‘아무도 모르게’에는 단절감과 고독감만 이 아니라 포악한 변학도에게 맞서서 십장가를 부르며 저항하는 열녀 춘향 의 강인하고 지독한 성격의 이면에 숨겨진 연약한 여성의 모습을 드러내기 도 하고, ‘울음’도 이몽룡을 사모하는 눈물도 되고, 북받쳐 오르는 서러움의 눈물도 되지만, 가슴 저미는 회한의 눈물도 되고, 원망과 분노의 눈물도 되 고, 정화(淨化)와 체념의 눈물도 된다. 이처럼 춘향가의 삽입가요 〈쑥대머 리〉는 한(恨)의 응어리를 펑펑 쏟아지는 뜨거운 눈물로 녹여내고, 이몽룡에 대한 그리움을 영원한 사랑으로 승화시키는 노래이다. 그리고 춘향 자신을 해원시키는 넋두리요, 스스로를 치유(治癒)하는 신세타령이기도 하다.

춘향이와 몽룡이가 이별한 오리정-우측부터 저자와 김진영·김대행·정병헌 교수(1992)

춘향가에서 춘향이 감옥에 갇혀 고초를 치루는 극한상황에서 반전의 기미가 보이는 바, 몽조(夢兆)를 통한 전조(前兆) 현상이 서술된다. 이몽룡이 암행어사가 되어 내려와 대반전을 일으켜 행복한 결말로 끝맺음을 할 것을 예고하는 서사단락이 삽입되는 것이다. 춘향이는 쑥대머리에서 묘사된 것처럼 절망 속에서도 희망을 버리지 않는데, 무의식적으로 미래를 예감한 것이다. 춘향이가 꿈을 꾸는데, 꿈의 내용은 거울이 깨지고, 복숭아꽃이 떨어지고, 허수아비가 처마에 거꾸로 매달린 광경이다. 거울이 깨지는 것은 결혼의 실패를 파경(破鏡)이라 하는 점에서 불길한 징조이고, 복숭아꽃이 떨어지면 복숭아가 열리지 못하므로 이것 또한 불길한 징조이고, 허수아비가 처마에 거꾸로 매달린 것은 하늘로 향해야 할 머리가 땅을 향했으므로 비정상이다. 그래서 춘향이는 낙담하고 자포자기 직전에 빠지지만, 봉사는 길몽으로 해몽을 한다. 곧 거울이 깨지면 소리가 나니, 이는 그 동안 소식이 단절된 곳에서 소식이 올 징조이고, 복숭아꽃이 떨어지면 열매가 열리므로 그 동안 바라던 일이 결실을 거둘 징조이고, 허수아비가 처마에 거꾸로 매달려 있으니 온 세상 사람들이 우러러볼 것이므로 존귀한 존재가 될 징조라고 해석하였다. 『삼국유사』에서 다수 발견되는 흉조를 길조로 재해석하는 전조설화의 전통을 계승한 것이다. 춘향가는 이렇게 하여 위기 국면에서 해결 국면으로 반전이 이루어지는데, 실제로 우리 민족의 역사도 이러한 반전이 일어났으니, 춘향가는 미래를 예언하는 도참문학(圖讖文學)의 구실도 하였다고 말할 수 있다. 1930년대 초기에 쑥대머리가 일제의 식민지 지배에 저항하는 민족의식을 자극하였는데, 1945년 일본의 항복과 조선의 광복은 춘향가의 문학적 서사가 현실에서 역사적 서사로 실현된 것이기 때문이다.

| 제9장 |

한국시가의 상상력

1. 시적 표현과 상상력

시는 가상의 화자가 처한 시적 상황이 설정됨으로써 극적인 효과가 발생한다. 문자 그대로의 극은 아니라 할지라도 시는 드라마의 성격을 지닌다. 극의 관점에서 시를 보는 입장이 가능한 것이다. 따라서 시를 감상할 때에는 극적 관점을 취하여 어떤 화자가 가정되어 어떤 상황이 설정되었는가를 정확히 하는 노력이 독자에게 요구된다.

시는 말하는 방식이 개성적이고 독특하다. 언어의 사용 방식은 크게 직접적 방법과 간접적 방법으로 나뉜다. 전자는 특별한 장치나 매개 없이 의사를 그대로 드러내고, 후자는 본뜻을 감추고 다른 대상을 이용해 의사를 전달한다. 시는 언어의 경제적 쓰임으로 직접적 방법보다는 간접적 방법을 선호한다. 비유를 비롯해 상징, 역설, 반어 등의 수사들은 시에서 구사되는 간접적 표현 방법들이다. 이 모두는 말하고자 하는 바를 직접 드러내지 않고 생략하거나 돌려 말한다. 이 같은 방식은 독자들의 즉각적인 이해를 지연시키면서 사물이나 체험의 질감을 보다 선명하게 전달하는 데에 기능한다.

시는 언어의 배열에서 일반 산문과 다른 또 하나의 특징이 있다. 한국시는 음보율에 맞추어 시어를 배열한다. 음보(音步, foot)는 음의 등장성(等長性)을 기준으로 한 율격 단위인데, 응집력이 있는 단어의 무리로 이루어지며, 이것이 반복되면 음보율이 형성된다. 음보상에서 볼 때 우리 시에서 흔히 발견되는 것은 3음보격과 4음보격이다. 이것은 전통적 율격으로서 우리 시행을 이루는 기본 율격이다. 오늘날의 현대시에서도 3음보와 4음보의 율격은 창조적으로 이어지고 있다. 가령, 김소월의 〈진달래꽃〉은 3음보격을 계승하고 있으며, 정지용의 〈유리창〉이나 이육사의 〈광야〉는 3음보와 4음보의 율격을 활용하고 있다.

그러나 음보율은 심리적으로 균등하게 느껴지는 단위라는 점에서 엄격히 재단하기 어려운 점이 있다. 한 시행을 이루는 음보의 구획에는 개인의 주관적 판단을 피할 수 없다. 더욱이 현대시는 도식적인 음보에 치중하지 않으며, 보다 자유롭고 불규칙적인 성질을 띤다. 자유시의 리듬은 '내재율'로서 명백한 형식적 운율이 드러나지 않고, 숨어있는 내적 리듬을 보여 준다. 내재율은 극히 개인적이고 주관적이어서 체계화하기 어려운 면이 있지만, 어떠한 언어적 요소들이 하나의 리듬 장치로 기능하여 리듬의 효과를 자아낸다. 외형률이건 내재율이건 시는 운율이 있는 언어로 시적 화자가 사상과 감정을 형상화하고 함축적인 표현을 하여 산문과 구별되는데, 구체적인 시작품 속에는 이러한 음악성, 형상성, 함축성이 용해되어 있다. 이 가운데 형상성과 관련하여 대표적인 고전시가와 현대시 몇 편을 골라서 시적 상상력(想像力)을 살펴본다. 상상력에 대해서는 시대와 논자에 따라 개념이 다르게 정의되고, 기능과 가치에 대한 인식도 달랐지만, 여기서는 시적 형상화 능력으로 보는 입장을 취한다.

2. 청산별곡의 기행적 상상력

청산별곡(靑山別曲)은 시적 화자가 현실을 떠나 청산으로, 바다로 돌아다니다가 다시 현실로 되돌아오는 이야기를 진술하는 노래이다. 현실은 농사를 짓는 '물아래', 곧 들녘 또는 평원(平原)이다. 청산과 바다는 현실의 도피처다. 청산별곡은 8연으로 된 분장체 형식인데, 『악장가사(樂章歌詞)』의 청산별곡은 제5연과 제6연이 뒤바뀐 것이라는 주장에 따르면 전반부는 청산의 노래이고, 후반부는 바다의 노래가 된다.

살어리 살어리랏다   (살겠노라 살겠노라)
청산(靑山)애 살어리랏다.   (청산에 살겠노라)
멀위랑 다래랑 먹고   (머루랑 다래랑 먹고)
청산(靑山)애 살어리랏다.   (청산에 살겠노라)
얄리얄리 얄랑셩 얄라리 얄라

우러라 우러라 새여   (울어라 울어라 새여)
자고 니러 우러라 새여.   (자고 일어나 울어라 새여)
널라와 시름 한 나도   (너보다 시름이 많은 나도)
자고 니러 우니로라.   (자고 일어나 운다.)
얄리얄리 얄라셩 얄라리 얄라

가던 새 가던 새 본다   (가던 새 가던 새 보았느냐)
믈 아래 가던 새 본다.   (들녘으로 가던 새 보았느냐)
잉 무든 장글란 가지고   (이끼가 묻은 쟁기를 가지고)

믈 아래 가던 새 본다.　　　　　　(들녘으로 가던 새 보았느냐)

얄리얄리 얄라셩 얄라리 얄라

이링공 뎌링공 하야　　　　　　(이리고 저리고 하여)

나즈란 디내와숀뎌.　　　　　　(낮은 지내왔는데)

오리도 가리도 업슨　　　　　　(올 이도 찾아갈 이도 없는)

바므란 또 엇디 호리라.　　　　　　(밤은 또 어찌할꼬)

얄리얄리 얄라셩 얄라리 얄라

　'청산에 살겠노라'고 말하지만, 청산을 생활 무대로 삼는 이유가 명시되어 있지 않다. 그러나 제3연에서 이끼가 묻은 쟁기를 가지고 물아래로 가던 새를 보았느냐고 묻는 것으로 보아 화자가 물아래에서 쟁기로 농사(農事)를 짓던 사람이라는 사실을 추측할 수 있다. 곧 화자는 물아래에서 청산으로 살러 들어간 것인데, 그럼에도 불구하고 화자가 농경 생활을 하던 들녘을 떠나 머루나 다래를 따먹는 열악한 자연 채취 생활을 해야 하는 청산으로 들어간 이유는 불분명하다. 이처럼 거주지와 생활 방식을 바꾸는 이유는 작품 내부에서는 설명되어 있지 않고, 추정할 수 있는 단서조차 들어 있지 않다. 시대 배경과 향유 집단을 근거로 상상력과 추리력을 발휘할 수밖에 없다. 무위자연(無爲自然) 사상 때문인지, 경제적인 착취로 인한 가난과 빚 때문인지, 실연(失戀) 때문인지 불확실하다. 이것이 바로 청산별곡 제1연의 함축적인 표현이다. 그렇지만 화자는 제2연에서 시름이 많은, 그것도 자고 일어나면 우는 청산의 새보다도 시름이 더 많은 사람인 것이 분명해진다. 그렇지만 시름이 새보다 더 많은 이유 역시 불분명하다. 제3연은 새가 들녘으로 날아감으로써, 그것도 화자가 농사를 포기하고 버려두었기 때문에 녹이 슨─이끼가

문은—쟁기를 가지고 날아감으로써 새가 화자와 상반된 의식과 행동을 보인다. 제2연에서 동병상련의 정으로 새에게서 동류의식을 느낀 화자는 배신감과 분노와 복수심보다는 차라리 슬픔과 외로움과 무력감을 느꼈을 것이다. 그리하여 제4연에서처럼 낮에는 상처받고 심란하고 피폐해진 마음 때문에 안절부절 못한 채 허둥대다가 밤이면 어둠 속에서 외부와 단절된 채 소외감과 고독감과 절망감에 빠져야 하니, 그 밤이 오는 것이 몸서리치게 두려울 수밖에 없는 것이다. 이처럼 화자의 청산으로의 도피는 실패로 끝난다. 그리하여 바다로 생활 무대를 옮긴다.

살어리 살어리랏다   (살겠노라 살겠노라)

바라래 살어리랏다.   (바다에 살겠노라)

나마자기 구조개랑 먹고   (나문재와 굴조개랑 먹고)

바라래 살어리랏다.   (바다에 살겠노라)

얄리얄리 얄라셩 얄라리 얄라

어듸라 더디던 돌코   (어디에 던진 돌인가)

누리라 마치던 돌코.   (누구를 맞추던 돌인가)

믜리도 괴리도 업시   (미워하는 이도 사랑하는 이도 없이)

마자셔 우니노라.   (맞아서 운다)

얄리얄리 얄라셩 얄라리 얄라

가다가 가다가 드로라   (가다가 가다가 듣노라)

에졍지 가다가 드로라.   (정지에 가다가 듣노라)

사스미 짐ㅅ대에 올아셔   (사슴이 짐대에 올라서)

해금(奚琴)을 혀거를 드로라.　　　(해금을 켜는 것을 들노라)

알리알리 알라셩 알라리 알라

가다니 배부른 도긔　　　　　　(갔더니, 배부른 독에)

설진 강수를 비조라.　　　　　　(설진 강술을 빚었구나)

조롱곳 누로기 매와　　　　　　(조롱박꽃 누룩이 매워)

잡사와니 내 엇디 흐리잇고.　　　(붙잡으니 내 어찌할꼬)

알리알리 알라셩 알라리 알라

　바다로 도피한 이유는 청산에 살 수 없어서이기 때문에 논리적 인과 관계가 성립한다. 화자는 청산과는 대조되는 바다로 삶의 터전을 바꾼다. 그러나 바다도 나문재와 구조개에 의지해야 하는 열악한 생존 조건이다. 제6연은 애증(愛憎) 관계나 은원(恩怨) 관계도 없이 날아든 돌멩이에 맞아서 마음의 상처를 입었다. 인과 관계 없이 생긴 피해이므로 부조리하고, 따라서 불가피한 운명이라 말할 수밖에 없다. 이 고통은 생로병사와 같은 존재론적인 고통일 수도 있고, 사회적·역사적 요인 때문에 생긴 정신적 외상일 수도 있다. 그리하여 정지(부엌)로 간다. 정지로 가는 이유는 정지에 술이 있기 때문이다. 술은 시름과 슬픔으로 위축되고 침체된 마음을 고무하고 흥분시킨다. 저기압 상태에서 고기압 상태로 전환시키는 것이다. 그리고 화자의 마음에서 이러한 상승과 고양이 일어나도록, 곧 제8연에서 술의 힘을 빌려 정신적인 승화와 현실초월이 가능하도록 하는 계기가 제7연에서 마련된다. 사슴이 짐대에 올라가서 해금을 연주하는 행동이 승천(昇天) 내지 영적인 세계로의 비상을 상징하기 때문이다. 지상에서 천상을 향하여 이동하는 사슴은 산에서 들녘으로 하강하는 제3연의 새와 대조적이다. 전반부에서 제3연의 새의

하강 운동이 제4연의 화자의 정신적 침몰에 영향을 주는 것과는 대조적으로 후반부에서는 제7연의 사슴의 상승 운동이 제8연의 화자의 정신적 승화(昇華)에 영향을 주는 것이다. 청산별곡은 청산에 갔지만 자연과의 교감에 실패하고 정신적으로 극심한 침체 상태에 빠지고, 바다로 가서도 교감에 실패했지만 예술과 문화의 힘으로 현실을 극복하는 지혜를 터득하고 실천하는 화자의 방랑과 정신적 편력의 기록이다. 이처럼 공간이동을 통하여 정신적 체험의 세계를 확장하는 점에서 청산별곡은 기행적 상상력의 산물이라 말할 수 있다.

3. 어부사시사의 영화적 상상력

어부사시사(漁父四時詞)는 윤선도가 보길도에 은거하면서 춘하추동 사계절의 풍경과 어옹(漁翁)의 풍류를 읊은 노래다. 곧 선비의 안빈낙도(安貧樂道)가 어옹의 생활을 통해 구현되고, 자연 친화가 물아일여(物我一如)의 경지에 도달하였음을 시적으로 형상화시켰다. 그리고 초장과 중장 다음에 여음구를 삽입하여 시조와 민요를 접목시켰는데, 초장 다음에는, '배 떠라', '닫 드러라', '이어라' 등을 2번 반복하여 출항에서 귀항까지의 여정을 나타내고, 중장 다음에는 노를 저으며 사공이 내는 소리와 노가 찌그덕거리는 소리인 "지국총(至匊悤) 지국총(至匊悤) 어사와(於思臥)"를 삽입하여 힘차게 노를 저어 나가는 현장감과 노를 젓는 행동을 실감나게 묘사하여 속세를 멀리하려는 은둔자의 심정과 풍류로 즐기는 고기잡이의 흥취를 표현하였다.

우난 거시 벅구기가 프른 거시 버들숩가.

이어라 이어라

어촌 두어 집이 냇 속의 나락들락

지국총 지국총 어사와

말가한 기픈 소희 온간 고기 뛰노나다.

뻐꾸기의 울음소리가 화창한 봄을 알리므로, 뻐꾸기의 행방을 찾아 두리 번거리니 푸른 버들숲이 시선에 포착된다. 청각적인 이미지가 시각적 이미지로 전이되었다. '수양버들처럼 푸른 뻐꾸기 울음소리'와 같은 공감각적 이미지가 생성되기 전 단계이다. 안개 속에 어촌 두어 집이 보였다가 가렸다가 하는 광경은 은근하고 신비롭다기보다는 아득해진 속세와의 거리감을 느끼게 한다. 찌거덕거리는 노를 "어사와! 어사와!"를 연거푸 내뱉으며 부지런히 저어서 배는 더욱 어촌으로부터 멀리 떠나올 수 있었고, 마침내 온갖 물고기가 뛰노는 맑은 소(沼)에 도착하게 된다. 그곳은 인간세계와 확연히 다른 선계나 불계와 같은 이상세계이다. 그리하여 화자는 소에 노니는 한 마리 물고기가 된다. 곧 천진무구한 자연과 탈속한 인간이 하나가 되는 물아일여의 경지에서 유유자적하게 된 것이다.

이러한 춘사4는 화자가 어촌의 집을 출발하여 마을 입구의 버들숲을 지나 바다에 나와 소에 이르렀으니, 초장이 중경, 중장이 원경(遠景), 종장이 근경 (近景)인 공간 구도를 보인다. 곧 서경적인 서정시로 시점을 이동시켜 최종적으로 원근법이 있는 전체 화면을 완성시킨다. 이러한 기법은 시점이 순차적으로 이동하는 점에서 정태적인 회화 기법이 아니라 동태적인 영화 기법에 해당한다.

넌님희 밥 싸두고 반찬으란 쟝만 마라.

닫 드러라 닫 드러라

청약립은 써 잇노라, 녹사의 가져오냐.

지국총 지국총 어사와

무심한 백구난 내 좃난가 제 좃난가.

어옹이 고기잡이를 하러 가기 위하여 점심을 준비하는데, 아내(또는 하녀)에게 연잎에 밥만 싸고 반찬은 장만하지 말라고 시킨다. 왜냐하면 반찬은 고기를 잡아서 만들면 되기 때문이다. 어옹은 집을 출발하여 배를 출발시키기 위해 닻을 들어 올리면서 빠뜨린 물건이 없나 확인한다. 배가 출항한 이후에 그런 사실을 발견하면 낭패이기 때문이다. 그래서 청약립은 자기가 머리에 쓰고 있지만, 비가 오면 입어야 할 녹사의는 하인이 준비를 했는지 확인한다. 찌거덕거리는 노를 저으며 "어사와! 어사와!" 하고 힘을 주는데, 억지힘을 쓰는 것이 아니라 구성지게 장단을 맞추어 해야 힘도 덜 들고, 배젓기가 고된 노동이 아니라 흥거운 놀이가 된다. 마침내 어촌으로부터 멀리 떠나와서 백구가 물위에서 노는 바다 가운데로 나왔다. 내가 백구를 좃는 건지 백구가 나를 좃는 건지 착각에 빠진다. 어옹이 백구가 되고, 백구가 어옹이 되는 물아일여의 경지에 들어간 것이다.

이 시조도 초·중·종장으로 바뀌면서 화자가 '출발 – 도중 – 바다 가운데'로 공간을 이동하는데, 앞의 시조는 '우는 것이 뻐꾸기인가', '푸른 것이 버들숲인가', '집이 들락말락', '고기가 뛰논다'와 같이 사물을 묘사하였다. 그러나 두 번째 시조는 '밥을 싸다', '청약립을 쓰다', '내가 좃는가'라고 화자나 화자 주변 인간의 행동을 묘사하고 있다. 따라서 앞의 시조가 서경적 서정시라면, 뒤의 시조는 서사적 서정시라고 말할 수 있다. 다시 말하면 뒤의 시조는 종장이 현재의 사건이고, 중장이 가까운 과거의 사건이고, 초장이 먼 과거의 사건이다. 앞의 시조는 한 화면에 중첩되어 원근법적 화면을 구성하게 되지만, 뒤의 시조는 시간적 원근법이기 때문에 화면이 교체되어야 한다. 따라서 앞의 시조는 '초장 – 중장 – 종장'의 순서로 화면을 보여 주고, 다시 전체 화면을 보여 주면 되는데, 뒤의 시조는 '초장 – 중장 – 종장'의 순서로, 또는 '종장 – 중장 – 초장'의 순서로 화면을 보여 주어 관중으로 하여금 여정을 재구성하도록 해야 한다. 이러한 상상력은 영화적 상상력이라 말할 수 있다.

4. 진달래꽃의 공연적 상상력

진달래꽃은 한국 이별시가의 전통 위에서 창작된 현대시다. 그렇지만 임과의 관계 파탄을 체념적으로 수용하는 점에서 임의 회귀에 의한 관계의 지속을 기원하는 정과정, 가시리, 님의 침묵과는 대조적이다.

나 보기가 역겨워
가실 때에는
말없이 고이 보내 드리우리다.

영변에 약산
진달래꽃
아름 따다 가실 길에 뿌리우리다.

가시는 걸음 걸음

놓인 그 꽃을

사뿐히 즈려 밟고 가시옵소서.

나 보기가 역겨워

가실 때에는

죽어도 아니 눈물 흘리우리다.

　화자가 자기를 보기가 역겨워 임이 떠나가는 상황을 가정하는데, 역겨워
하는 이유가 불분명하다. 이유는 밝히지 않고 결과적 행동만 서술된 것이
다. 그러나 그 역겨움이 떠나가는 행동의 원인이 된다. 이러한 관계 파탄의
상황에서 화자가 취할 태도를 일방적으로 진술한다. 충격, 배신감, 슬픔, 분
노, 원망 등의 감정과 절망적인 심정을 '말'로 토로하는 대신 진달래꽃을 따
다가 임이 가는 길에 뿌린다는 것이다. 이러한 화자의 행동에 대한 반응으로
임이 사뿐히 밟고 지나가길 청원한다. 임의 행동에 대한 화자의 반응, 화자
의 행동에 대한 임의 반응이 인과 관계로 이어진다. 말없이 고이 보내고 꽃
을 뿌리는 화자의 순응과 승화의 태도와 행동을 보고 그에 대한 임의 반응으
로 사뿐히 즈려 밟고 간다면, 그것은 임이 화자의 헌신적인 태도에 감동받아
비정하고 폭력적인 행동을 하지 않고 배려하고 존중하는 행동을 하는 것을
의미한다. 이처럼 진달래꽃은 반항적이고 공격적인 말이 아니라 순종적이
고 헌신적인 행동으로 임의 마음을 움직이려고 한다. 곧 임과의 추억이 서린
영변의 약산에 가서 진달래꽃을 한 아름 따다가 임이 가는 길에 간절한 소망
의 몸짓으로 정성스럽게 뿌리는 행동은 무언의 퍼포먼스이며, 산화공덕(散
花功德)의 의례와도 같은 행동이다. 이처럼 진달래꽃에는 의례적·공연적 상
상력이 발현되어 있다.

5. 광야의 역사적 상상력

광야는 지금까지 이육사가 독립운동가라는 사실을 감안하여 역사적 맥락에서 해석되어 왔다. 그러나 조국의 상실과 회복이라는 주제의식을 넘어서서 지구와 인류의 역사에 대한 통찰력을 보여준 작품으로도 확대 해석이 가능하다. 이러한 관점에서 표현 방식을 분석해보기로 한다.

까마득한 날에
하늘이 처음 열리고
어데 닭 우는 소리 들렸으랴.

모든 산맥(山脈)들이
바다를 연모(戀慕)해 휘달릴 때도
차마 이곳을 범(犯)하던 못 하였으리라.

끊임없는 광음(光陰)을
부지런한 계절(季節)이 피여선 지고
큰 강물이 비로소 길을 열었다.

지금 눈 나리고
매화(梅花) 향기(香氣) 홀로 아득하니
내 여기 가난한 노래의 씨를 뿌려라.

다시 천고(千古)의 뒤에

백마(白馬) 타고 오는 초인(超人)이 있어

이 광야(曠野)에서 목 놓아 부르게 하리라.

　광야는 제1연의 "까마득한 날에"와 제4연의 "지금"과 제5연의 "천고의 뒤에"와 같은 '시간'의 의미를 지닌 부사어(副詞語)나 부사구(副詞句)에 의하여 세 개의 시간 단위로 구획이 가능하다. 시상의 전개가 과거 – 현재 – 미래의 시간대로 되어 있어서 현재는 과거의 산물이고 미래는 현재의 연장선이라는 시간 의식 내지 역사의식이 구조화되어 있다. 광야라는 공간의 역사를 통하여 이육사의 역사관을 시로 형상화한 작품인 것이다.

　까마득한 날은 하늘이 처음 열린 때이기 때문에 인류의 역사 이전의 우주가 생성된 시기로까지 소급된다. 닭 우는 소리가 들리지 않았다는 말은 닭이 새벽을 알리는 동물인 점을 고려하면 태양이 뜨지 않은 어둠, 곧 태극(太極)에서 음이 생성되고 아직 양이 생성되기 이전이라는 뜻이다. 산맥이 바다를 연모해 휘달린다는 말은 양기(산맥)와 음기(바다)가 대립하지만, 또한 음양의 조화를 이룩하려는 상생적 관계임을 역동적으로 표현한 것이다. 바다를 향하여 휘달리던 산맥이 차마 광야를 범하지 못하였다는 말은 광야가 양(하늘, 산)과 음(바다) 사이의 중간 영역이라는 말이며, 광음(光陰) 곧 낮과 밤이 교체되고 사계절이 순환하는 곳이라는 말이다. 그리고 이러한 시간의 변화가 강물이 뚫리는 공간의 변화를 가져왔다. 지각의 생성과 변동에 관한 이야기인 것이다. 이처럼 제1연에서 제3연까지는 우주와 지구의 역사, 자연의 역사를 말하고 있다. 인간의 역사가 시작되기 이전의 과거의 자연사이다.

　제4연은 현재의 역사, 인간의 역사를 표현한다. 눈 내리는 겨울이고, 매화 향기가 아득하므로 봄을 예고한다. 눈은 시련이고 매화는 지조를 상징한다는 고착된 해석보다는 매화가 눈 속에서 봄을 기다린다는 의미가 함축되어 있는 사실에 주목해야 한다. 봄이 다가오므로 씨를 뿌리는 것이다. 절기(節期)로 보더라도 매화가 피는 시기는 봄이 시작되는 입춘(立春) 무렵이다. 화자가 가난한 노래의 씨를 뿌리겠다고 하는데, "가난한"이라는 말은 빈곤의 뜻이지만, 원래는 간난(艱難)의 뜻이었다. 가난한 노래는 시상이 빈약한 노래, 기교가 미숙한 노래라는 뜻만이 아니라 간난의 시대의 산물인 노래라는 뜻도 지닌, 일종의 중의법으로 볼 수도 있다. 광야는 제4연에서 "지금" "여기"에 노래의 씨를 뿌린다고 하여, '그때'의 '거기'를 강조하는 복고주의나 전통주의가 아니고 현실 참여와 역사 창조를 강조한다. 그리고 마치 봄철에 농부가 파종을 해야 가을에 수확할 수 있듯이 지금의 행동이 씨앗이 되어 번영과 행복의 미래를 약속한다는 사실도 인식하고 있기 때문에 선구자적 사명감을 가지고 시대적 책무를 실천한다.

그러나 과거의 역사가 유구하듯이 미래의 역사도 유구하고, 파종하고 수확하기까지는 많은 시간이 경과하며, 위대한 역사의 창조에는 희생과 대가를 지불해야 하는 법이다. 그래서 초인이 백마 타고 오려면 천고(千古)를 기다려야 한다. 매화의 기다림, 간난과 인고와 저항의 세월을 참고 기다려야 소망하는 새로운 시대를 맞이할 수 있는 것이다. 시인이 목 놓아 노래 부르는 세상, 자유와 사랑과 행복의 시대는 영원한 미래형일지도 모른다. 그러나 인간이 현실에 안주하지 않고 현실과 다른 세상을 꿈꾸는 한 광야에서의 외침은 멈추지 않을 것이다. 이육사의 광야는 이러한 역사의식의 시화(詩化)다. 곧 광야의 시적 형상화는 역사적 상상력이 발현된 것이다.

6. 유리창의 치유적 상상력

유리창은 정지용이 아들의 죽음을 겪고 쓴 시라고 한다. 정지용은 이미지 즘의 시를 창작하였는데, 유리창에서도 감각적 표현이 우수하다. 그러나 죽음의 문제에 초점을 맞추면 새로운 해석도 가능하다.

유리(琉璃)에 차고 슬픈 것이 어린거린다.

열없이 붙어 서서 입김을 흐리우니

길들은 양 언 날개를 파다거린다.

유리창에 차고 슬픈 것이 어린다고 하니 추운 계절이다. 입김을 부니 날개를 파닥거린다고 하여 죽은 아들이 새로 환생한 것으로 표현하고 있다. 이같이 화자가 유리창에 어린 성에서 죽은 아들의 환영(幻影)을 보는데, 이 환영은 유령(幽靈)과 마찬가지로 이승과 저승, 인간계와 신령계의 중간 지대에 존재한다. 전통적인 원혼 관념에서 보면 폐병으로 병사한 아들은 원혼이 되었다. 저승에 가지 못하고 이승에 남아 떠도는 것이다. 화자가 아들의 환영을 보는 것도 아들의 원혼이 이승에 맴돌기 때문이다. 의학적으로 설명하면 아들의 죽음으로 화자가 정신적 외상을 입은 것이다.

지우고 보고 지우고 보아도

새까만 밤이 밀려 나가고 밀려와 부딪히고,

물 먹은 별이, 반짝, 보석(寶石)처럼 백힌다.

화자는 유리창 안쪽에 생기는 성에를 보고 아들이 창밖에 온 것으로 착각하고 아들의 모습을 선명하게 보려고 유리창을 닦는다. 그러나 유리창의 성에를 닦을수록 바깥은 새까만 밤의 어둠뿐이고, 그 어두운 밤하늘에서 영롱한 별빛만 보석처럼 반짝거린다. 그 보석 같은 별빛에서 아들의 영혼이 하늘로 승천하여 영원불멸의 고결한 존재로 승화되었음을 깨닫게 된다.

    밤에 홀로 유리를 닦는 것은
    외로운 황홀한 심사이어니,
    고혼 폐혈관(肺血管)이 찢어진 채로
    아아, 늬는 산(山)ㅅ새처럼 날러갔구나!

아들과 사별한 화자가 밤이면 외로움을 달래기 위하여 유리창에 어른거리는 아들의 환영을 보려고 유리창을 닦으니, 이는 화자의 고독감에 기인하는 부질없는 행동이다. 그러나 그렇게 유리창을 닦은 결과 어두운 밤하늘에서 죽은 아들의 영혼이 올라간 별을 보고 황홀한 심정을 느낄 수가 있다. 그래서 밤에 유리창을 닦는 행동이 "외로운 황홀한 심사"가 되는 역설이 성립한다. 이러한 역설적인 행동을 통하여 아들이 폐혈관이 찢어져 산새처럼 날아간 사실, 곧 아들의 육신에서 영혼이 분리되어 산새가 산으로 회귀하듯이 천상계로 회귀한 사실을 깨닫게 된다. 순환론적 사고를 통하여 죽은 아들에 대한 집착에서 해방된다. "아아, 늬는 산새처럼 날러갔구나"는 아들의 죽음을 현실로 받아들이는 체념이면서 동시에 아들의 죽음이 영원불멸의 영혼으로 부활한 것이라는 각성을 통하여 아들의 죽음에 집착하고 구속받던 자신의 마음을 자유롭게 해방시키는 치유의 탄성이기도 하다.

이상을 요약하면, 유리창은 제1연에서 아들의 유령 보기, 제2연에서 별로 승화된 아들의 불멸의 영혼 발견, 제3연에서 역설적인 행동에 의한 자기 치유로 시상이 전개되어 정지용이 아들의 죽음으로 인한 정신적 외상을 치유하는 과정이 형상화되어 있다. 이처럼 유리창은 치유적 상상력이 시화(詩化)되어 있다.

제10장

고전시가와 정서

1. 정서란 무엇인가?

정서에 대한 연구는 심리학에서조차 정서에 관여되는 생리적 반응의 복잡성 때문에, 그리고 실험실에서 유발되는 정서와 실생활에서 경험되는 정서의 강도(强度)가 다르기 때문에 여러 가지 정서이론이 개발되었다. 심리학자에 따라서는 정서(emotion)는 신체 생리의 변화가 수반되는 보다 강한 심적 상태에 적용하고, 보다 더 약한 상태는 감정(feeling)이라고 부르기도 하는데, 강한 정서와 약한 감정 사이에 강도(强度)의 차이에 따라 많은 중간 상태가 존재하기 때문에 일반적으로 감정과 정서를 엄밀하게 구분하지 않고 광의적으로 정서라는 용어를 사용하기도 한다. 정서의 이론은 관점에 따라 다양하게 전개되어 왔는데, 정서는 호흡기·소화기·순환기·평활근(平滑筋) 등에 생리적·반사적 반응을 일으키는 심리작용이고, 동시에 공포는 도망을, 노여움은 공격을, 사랑은 애무를 유발하듯이 고정적·목적적 활동을 유발하는 점에서 심리적 반응과 생리적 현상은 물론이고 신체적·언어적 활동까지를 포괄하는 개념으로 규정할 필요가 있다.

정서의 원인은 자극적 원인과 경향적 원인으로 구분되는데, 전자는 직접적·현재적인 자극에 의해 정서가 발생하는 경우로 자극 강도의 증대나 감소, 좌절과 갈등, 긴장의 해소, 기호(嗜好)나 욕망의 만족 등이 있고, 후자에는 개체의 과거경험, 유기체의 생화학적 상태(내분비선·공복·식사·운동·휴양·피로·건강상태·질병 등)가 있다. 이러한 정서의 원인에 의해 정서가 발생하고, 그 정서가 생리적 반응과 신체적·언어적 활동을 유발하므로 정서의 표현은 '정서의 원인－생리적 반응－신체적·언어적 활동'의 관계로 포괄적으로 인식해야 하는 것이다.

일반적으로 인간의 대표적인 정서를 희로애락(喜怒哀樂)이라고 말한다. 그런데 희(喜), 곧 기쁨은 애(哀), 곧 슬픔과 반대되는 정서이다. 마찬가지로 노(怒), 곧 노여움은 낙(樂), 곧 즐거움과 반대되는 정서이다. 그리고 기쁨과 즐거움은 긍정적 행동을 유발하고, 슬픔과 노여움은 부정적 행동을 유발하기 때문에 정서를 긍정적 정서와 부정적 정서로 양분할 수 있다. 이처럼 희로애락의 정서 분류는 인간의 정서가 두 개의 대립 체계로 이루어짐을 시사한다. 그러나 유교에서는 사단칠정(四端七情)이라 하여 인간의 정서를 희(喜)·노(怒)·애(哀)·락(樂)·애(愛)·오(惡)·욕(欲) 일곱 가지로 구분하였다. 이 경우에는 애(愛)와 오(惡)가 대립되고, 욕(欲)은 짝이 없다. 그런데 불교에서는 칠정을 기쁨, 노여움, 근심, 두려움, 사랑, 미움, 욕심으로 나누어 욕(欲)의 반대 정서인 근심을 포함시켰다. 그렇지만 두려움의 반대정서는 누락되어 있다. 이 두려움의 반대정서는 플라칙(Plutchik)이 제안한 여덟 가지 정서(기쁨, 수용, 분노, 놀람, 공포, 슬픔, 혐오, 기대)에 포함되어 있는 '수용'이 된다. 그런데 플라칙은 이에 그치지 않고 '기대'와 '놀람(경악)'이라는 정서의 짝도 발굴하였다. 그리하여 마침내 다음과 같은 정서의 분류체계를 파악할 수 있게 된다.

①기대(주의, 안도) / 놀람(의외, 경악)

②수용(흥미, 호감) / 두려움(불안, 공포)

③욕심(욕구, 욕망) / 근심(고통, 고뇌)

④사랑(흠모, 연정) / 미움(혐오, 증오)

⑤기쁨(희열, 환희) / 슬픔(비애, 비탄)

⑥즐거움(유쾌, 환락) / 노여움(불쾌, 분노)

　이러한 정서의 생리적·신체적 반응을 보면, 먼저 기대는 입맛을 다시게 하고, 놀람은 눈이 휘둥그레지게 만든다. 수용은 안색이 빛나고 안면의 근육이 이완되며, 두려움은 안면의 근육이 경직되고 등골이 오싹해지고 식은 땀이 나고 오금이 저리게 한다. 욕구는 심장의 박동과 호흡을 빠르게 하고, 근심은 반대로 느리게 하고 몸의 힘이 빠지게 한다. 사랑은 눈빛을 부드럽고 따뜻하게 하는데, 미움은 눈빛이 차갑고 날카롭게 만든다. 기쁨은 안색을 밝게 하고, 뺨에는 홍조를, 입가에는 미소를 띠게 하는 데 비해서 슬픔은 안색을 어둡게 하거나 창백하게 하고 눈물이 흐르게 한다. 즐거움은 폭소나 파안대소(破顏大笑)를 웃게 하는 데 비해서 노여움은 안색이 붉으락푸르락하게 만들고 눈을 부릅뜨게 하고 치가 떨리게 한다.

　그런데, 이러한 기본정서들은 강도에 따라 등급화 내지는 위계화가 가능할 것 같다. 곧 기대보다는 수용이, 기쁨보다 즐거움이, 욕심보다는 사랑이 보다 강한 정서이고, 놀람보다는 두려움이, 근심보다는 미움이, 슬픔보다는 노여움이 보다 강한 정서가 된다. 그뿐만 아니라 이러한 강약의 관계가 수용과 욕심, 사랑과 기쁨 사이에서도 성립되고, 두려움과 근심, 미움과 슬픔 사이에도 성립된다고 보면, '기대-수용-욕심-사랑-기쁨-즐거움'의 띠와 '놀람-두려움-근심-미움-슬픔-노여움'의 띠가 성립하면서 가장 약한 정서에서 가장 강한 정서로 스펙트럼을 이루고 있다고 말할 수 있다. 그런데 기본정서 내부에서도 강약에 따라 정서가 분화되는 바, 기대는 '주의<안도'

로, 놀람은 '의외<경악'으로, 수용은 '흥미<호감'으로, 두려움은 '불안<공포'로, 욕심은 '욕구<욕망'으로, 근심은 '고통<고뇌'로, 사랑은 '흠모<연정'으로, 미움은 '혐오<증오'로, 기쁨은 '희열<환희'로, 슬픔은 '비애<비탄'으로, 즐거움은 '유쾌<환락'으로, 노여움은 '불쾌<분노'로 분화된다. 이처럼 정서는 강화와 약화의 관계로 스펙트럼을 형성한다고 볼 수 있다.

한편 욕심은 적극적인 사고와 행동을 하게 하지만, 근심은 무기력증과 의욕상실증에 빠지게 한다. 기대는 희망을 지니게 하지만, 놀람은 의심을 하게 만든다. 수용은 새로운 관계의 형성을 가능하게 하지만, 두려움은 기존 관계마저도 파괴한다. 기쁨·즐거움·사랑·욕구·기대·반가움은 생리적으로도 호흡기·소화기·순환기·평활근의 기능을 활성화하므로 긍정적 정서이다. 반면에 슬픔·노여움·미움·근심·놀람·두려움은 그러한 기관의 기능을 저하시키는 점에서 부정적 정서이다. 그렇지만 기쁨이 과잉 상태가 되면 조증(躁症)이 되고, 슬픔이 과잉 상태가 되면 울증(鬱症)이 되며, 즐거움만 추구하면 광란 상태에 빠지고, 노여움에만 함몰되면 공격적이고 파괴적으로 된다. 사랑만을 강조하면 선악의 판단을 흐리게 하고, 미움에만 고착되면 화해의 길을 놓치게 한다. 따라서 가장 이상적인 것은 긍정적 정서와 부정적 정서의 균형과 조화라 할 수 있다. 따라서 다양한 정서를 표현한 문학작품이 위대한 예술작품이며, 다양한 정서의 체험을 통한 다양한 정서의 함양이 문학을 통한 정서교육의 바람직한 목표가 될 것이다.

2. 고전시가의 정서표현

정서는 자극적·경향적 원인에 대한 심리적 반응이지만, 생리적 현상을 동반하고, 신체적·언어적 활동을 유발한다. 따라서 정서가 '정서의 원인-정서의 발생-생리 현상-신체적·언어적 활동'의 과정으로 표현되는 양상을 살펴본다.

두꺼비 파리를 물고 두엄 위에 앉아

건넌산 바라보니 백송골(白松骨)이 떠 있거늘 가슴이 끔찍하여 펄떡 뛰어 내닫다가 두엄 아래 자빠졌구나.

모처럼 날랜 나이기망정이지 어혈(瘀血)질 뻔하였다.

〔두터비 프리를 물고 두험 우희 치두라 안자 / 것넌 산(山) 브라보니 백송골(白松骨)이 써 잇거늘 가슴이 금즉하여 풀덕 쥐여 내닷다가 두험 아래 잣바지거고 / 모쳐라 늘낸 낼싀만졍 에헐질 번ᄒ괘라〕

두꺼비가 파리를 물고 두엄 위에 올라가 앉았다고 하는데, 두엄은 풀이나 낙엽이나 동물의 배설물 따위를 썩혀 만든 거름을 가리키고, 그러한 거름을 쌓은 더미를 두엄더미라고 하므로 정확하게는 두꺼비가 두엄더미에 오른 것이다. 두꺼비는 파리의 포식자이지만, 백송골(흰털송골매)의 먹잇감이다. 이러한 먹이사슬 관계에 근거해서 두꺼비를 의인화하여 약자이면서 강자인 척 허장성세하는 인간을 풍자하였다.

의기양양하게 두엄더미 위에 오른 두꺼비의 행동은 파리사냥의 성공으로 인한 기쁨과 즐거움의 정서에서 유발된 것이고, 두꺼비의 가슴이 끔찍해지는 생리적 현상과 두엄더미 아래로 도망치는 신체적 행동은 무서운 포식자 백송골을 본 순간 놀람과 공포의 정서를 느꼈기 때문이다. 두꺼비의 정서가 기쁨과 즐거움에서 놀람과 두려움으로 급격하게 반전을 일으키는데, 기쁨과 즐거움의 정서는 '원인(파리사냥의 성공)-정서(생략)-생리적 현상(생략)-

신체적 행동(두엄더미 올라앉기)'으로, 놀람과 두려움의 정서는 '원인(백송골 발견)-정서(생략)-생리적 현상(끔찍한 가슴)-신체적 행동(도망)'으로 언어화되었다. 그러나 허장성세하는 두꺼비에 대한 희화화와 풍자적 효과는 독백의 형식으로 표현된 종장에서 절정에 이른다. 두꺼비가 놀람과 두려움 때문에 도망치다가 자빠졌을 때 실제로는 크게 놀라고 자기혐오감을 느꼈음에도 불구하고 나르시시즘에 빠져 굼뜬 자신을 날랜 것으로 착각하고 안도감을 느끼고 자화자찬함으로써 비웃음거리가 된다. 이처럼 허세를 부림으로써 놀람과 혐오의 정서를 감추고 사랑과 안도의 정서로 위장하는 기만적인 정서표현은 '원인(자빠짐)-정서(생략)-생리적 현상(생략)-언어적 활동(독백)'으로 언어화되었다.

이별하기보다는 길쌈베를 버리고
사랑하는 임을 울면서 좇아갑니다.
〔여히므론 질삼뵈 브리시고
괴시란디 우러곰 좃니노이다〕

고려속요 서경별곡의 일부인데, 서정적 주인공이 느끼는 정서는 슬픔이고, 그 원인은 임과의 이별이다. 그리고 슬픔이 유발하는 생리적 현상은 울음이고, 신체적 행동은 임의 뒤를 좇아가는 것이다. '원인(이별)-정서(생략)-생리적 현상(눈물)-신체적 행동(따라가기)'로 언어화되었다. 이처럼 시가는 정서를 표현할 때 대체로 정서를 나타내는 단어의 사용을 생략하고 정서의 원인이나 생리적·신체적 반응만 언어화하여 정서를 유추하게 만듦으로써 시가의 함축미와 간결미를 살린다.

제2부 융합 문화로서 고전시가

| 제1장 |

고대사회의 굿과 노래

노래의 기원에 대하여 사람은 정서적으로 감흥을 느끼면 말로 차탄하다가 감흥이 고조되면 노래를 부르고 더욱 고조되면 몸을 움직여 춤을 춘다고하여 산문에서 운문으로, 운문에서 가요로, 가요의 단계에서 무용의 단계로전환되면서 새로운 예술이 생성된다고 말하기도 하는데, 굿(제의)에서 노래와 무용과 음악과 연희와 연극이 발생한다고 노래의 모태를 주술종교적인굿에서 찾기도 한다. 굿이란 초자연적이고 초인간적인 신을 인간 세상에 현신시키는 공연행위인데, 무당이나 풍물패나 탈광대가 사제가 된다. 단군신화에서 단군왕검(檀君王儉)이 바로 샤머니즘과 천신신앙에 기초한 제천의식을 거행한 무당왕(샤먼 킹)인데, 이러한 제천의식을 비롯한 각종 무당굿에서부른 노래들이 배경설화를 동반하고 문헌에 기록되어 있는 바, 공무도하가,구지가, 황조가, 헌화가, 해가, 처용가, 지리다도파곡, 팔공산신가 등이 모두 제의적 맥락에서 생성된 노래들이다.

1. 신을 맞이하는 노래

신을 맞이하는 굿에서 부른 노래로 구지가와 해가가 있다. 먼저 구지가(龜

旨歌)는『삼국유사』의「가락국기」에 금관가야의 건국신화인 김수로신화 속에 기록되어 있는데, 아홉 명의 족장들이 구지봉에서 천창(天唱)에 따라 황토로 제단을 만들고 구지가를 부르며 춤을 추니 김수로가 알의 형태로 하강하였다고 한다. 이는 북방에서 이주해온 기마민족인 김수로족이 구지봉에 주둔하고서 김해의 토착세력 9촌을 정복하고 지배세력이 되어 김수로와 아홉 족장이 군신의 관계를 형성한 역사적 사실의 신화적 표현으로 보인다. 그런데 신화를 제의의 구술상관물로 보는 관점을 취하면, 김해의 토착민들이 정복자인 이주민 김수로를 천신계 시조신으로 신격화하여 천신맞이굿을 한 사실을 재구(再構)할 수 있다. 따라서 구지가는 천신맞이굿에서 부른 노래가 되는데, 구지봉(龜旨峰)이 구산(龜山)이라고도 불리는 분성산(盆城山)의 머리에 해당하여 마치 거북이가 머리를 내밀고 해반천(海畔川)의 물을 마시러 기어가는 형국인 점을 고려하면, 거북이는 구지봉의 산신이고, "거북아! 거북아! 머리를 내어라(龜何龜何 首其現也)"라는 구지가는 산신에게 우두머리, 곧 임금을 출산하라는 말이 된다. 다시 말해서 구지가는 구지봉의 산신이 천신과 감통하여 시조왕을 출산하길 요구하는 노래인 것이다. 가야산의 산신 정견모주(正見母主)가 천신 이비가지(夷毗訶之)와 감통하여 대가야와 금관가야의 시조를 출산하였다는 또다른 김수로신화가 이러한 추정을 뒷받침한다.

그리고 "만약 내놓지 않으면 구워서 먹겠다(若不現也 燔灼而喫也)"라는 말은 단순히 주술적인 노래의 특징인 강제성과 으름장만이 아니라 천신과 산신의 관계, 곧 지배원리의 천부신(天父神)과 생산원리의 지모신(地母神)의 관계가 가부장적인 질서에 의해서 주종관계로 정립된 데 따른 아들생산의 강요로 볼 수 있다. 이러한 언어적 표현은 가부장제 사회에서의 남아선호 사상과 가계계승자인 아들을 출산하지 못하는 여자가 차별받은 칠거지악의 풍속을 떠올리면 쉽게 이해할 수 있다. 요컨대 구지가는 김수로 천신의 하강이

구지가를 부른 구지봉에 김수로왕 탄강(誕降)신화를 표현한 석제조형물이 세워져 있다.

천제의 아들의 탄강(誕降)의 성격을 띠므로 김수로시조신맞이굿에서 구지봉의 산신에게 천제와 감통하여 천제의 아들을 출산하도록 기원하던 노래인데, 산신신앙과 주술관념이 결합하여 주가(呪歌)의 형태로 표현되었을 따름이다.

해가(海歌)는 해룡이 수로부인을 약탈해 가므로 순정공이 지경(地境) 안의 사람들을 모아서 몽둥이로 언덕을 두드리며 "거북아! 거북아! 수로를 내놓아라(龜乎龜乎出水路). 남의 아녀자를 빼앗아감이 죄가 어찌 크지 않은가(掠人婦女罪何極). 네가 만약 거역하여 내놓지 않으면(汝若悖逆不出獻), 그물을 던져 붙잡아 구워먹겠다(入網捕掠燔之喫)."라고 노래를 부르니, 해룡이 수로부인을 되돌려 주었다고 한다. 따라서 해가는 해신인 해룡에게 수로부인을 신처로 바친 후 신이 된 수로부인을 맞이하는 굿에서 부른 노래인데, 용신신앙과 주술신앙이 복합되어 용신굿의 노래가 강제성과 으름장을 띤 주가(呪歌)의 형태로 되어 있는 것이다. 그리하여 해가는 구지가에 나타나는 '돈호법-명령법-가정법-서술법'의 주가적 어법을 계승한 주술종교적인 노래임을 알 수 있다. 다만 "남의 아녀자를 빼앗아감이 죄가 어찌 크지 않은가"라는 구절을 첨가하여 용신의 신성결혼을 세속적인 윤리관에 근거해서 비판한 점에서 성속(聖俗)의 대립을 두드러지게 부각시켰다.

2. 신의 결혼의식에서 부른 노래

남신과 여신이 결혼하는 신성결혼의식에서 부른 노래로 황조가와 헌화가가 있다. 『삼국사기』에는 유리왕이 왕비 송비가 죽은 이후에 고구려족인 화희와 한족인 치희 두 여자를 아내로 맞이하였는데, 두 여자가 유리왕의 총애를 독차지하려고 불화하다가 마침내 치희가 친정으로 되돌아가므로 사냥 나갔던 유리왕이 쫓아가 만류하였으나 치희의 마음을 되돌리지 못하고 혼자 돌아오다가 나무 밑에서 쉴 때 꾀꼬리 한 쌍을 보고서 황조가를 불렀다고 기록되어 있다. 이러한 기록을 그대로 인정하면, 황조가는 유리왕이 암수의 금슬이 좋은 꾀꼬리에게서 위화감을 느끼고 치희로부터 버림받은 자신의 상실감과 고독감을 표현한 이별가가 된다.

그러나 고대사회의 제의적 맥락에서 보면 화희(禾姬)와 치희(雉姬)의 작명법과 싸움 및 화희의 승리, 유리왕의 봄철사냥, 버드나무 밑의 유리왕이 예사롭지 않은 사건들이다. 먼저 꾀꼬리 한 쌍이 노는 버드나무 밑의 유리왕을, 주몽이 부여를 탈출할 때 버드나무 밑에서 쉬고 있는데 비둘기 한 쌍이 날아와 버드나무에 앉으므로 신모(神母)가 보낸 사자임을 직감하고 화살 하나로 비둘기 두 마리를 꿰뚫어 떨어뜨리니 비둘기 입에 보리씨앗이 들어있었고, 그리하여 고구려 사람들이 보리농사를 짓고 유화를 곡모신(穀母神)으로 숭배하였다고 한 사실과 관련시키면, 국립박물관에 소장되어 있는 청동기유물에 새 두 마리가 앉아 있는 나무와 삽으로 밭이랑을 만드는 농부의 문양이 표현한 솟대신앙과 농경문화의 관계를 떠올리게 된다. 유리왕이 솟대신앙과 관련된 농경의례를 거행한 것으로 볼 수 있는 것이다. 그렇다면 유리왕의 사냥은 수렵문화와 관련이 있는 제의적 행위로 볼 수 있다. 이처럼 유리왕은 농경문화만이 아니라 수렵문화와도 관련된 의식을 거행하였으며, 이러한 병진정책 때문에 농경문화를 상징하는 화희(벼꽃계집)만이 아니라 수렵문화를 상징하는 치희(꿩계집)와도 결혼하였을 것이다. 그러나 이러한 결혼은 실제 현실에서의 결혼이 아니라 연극적인 의례로 연행되었을 것이다.

그런데 여기서 간과할 수 없는 사실은 화희와 치희의 싸움에서 화희가 승리하는 점으로 이것은 농경신과 수렵신의 싸움굿에서 농경신의 승리로 풍년을 기원한 것인데, 이 점에서 단군신화에서 농경신 곰과 수렵신 호랑이의 경쟁에서 곰이 승리하여 환웅과 결혼하는 사실과 상통한다. 수렵목축사회에서 농경사회로 전환된 경제사적 사실을 제의를 통하여 반영시킨 것이다. 정리하면 황조가배경설화는 유리왕이 고구려인의 생산방식으로 수렵문화에서 농경문화로 전환시키고, 농사의 풍작을 기원하는 농경의례에서 화희와 치희의 싸움굿을 연행하였으며, 이에 앞서 유리왕이 화희와 결혼할까? 치희와 결혼할까? 결혼상대의 선택을 놓고 고민할 때 황조가를 불렀을 것이다. 다시 말해서 황조가는 신성결혼식을 거행하면서 불렀으며, 유리왕은 수렵문화와 농경문화의 병진정책에 의해서 화희 및 치희와 결혼하였지만, 고구려 사람들은 이미 수렵을 포기하고 농경을 주요 생산방식으로 선호하게 되었던 것이다. 그리하여 농경문화를 대변하는 화희는 고구려 여자로, 수렵문화를 대변하는 치희는 고구려의 경쟁자인 중국 한나라의 여자로 설정되었을 것이다. 따라서 설화에서는 '송비의 죽음-유리왕과 화희·치희의 결혼-유리왕의 사냥-화희와 치희의 싸움과 치희의 패퇴-유리왕의 치희 설득 실패-황조가 제작'의 순서로 서술되어 있으나, 이것은 후대에 일어난 변모이고, 원래는 '솟대와 관련된 농경의례에서의 유리왕의 황조가의 가창과 결혼-화희와 치희의 싸움굿과 치희의 패퇴에 의한 풍농(豊農) 기원'과 같은 풍요제의의 구술상관물이 후대에 송비이야기와 결합하면서 합리적인 방향으로 개작되면서 서사구조가 재구성되었을 개연성이 크다.

아무튼 황조가는 유리왕이 신부후보자를 선택하는 노래이므로 "펄펄 나는 꾀꼬리는 암수가 노니는데(翩翩黃鳥 雌雄相依)"에서는 암수의 음양구조를 자연의 질서로 인식하고, "나의 외로움을 생각하니 누구와 돌아갈고(念我之獨 誰其與歸)"에서는 자연의 질서에 순응하여 신부후보자들 중에서 배우자를 선택해야 하는 고민스런 상황을 표현하였다. 화희냐? 아니면 치희냐? 농경문화냐? 아니면 수렵문화냐? 생산방식의 선택을 놓고 선택의 기로에 선 고구려의 유리왕이 황조가를 통하여 자연의 세계는 음기와 양기가 조화를 이룬 완벽한 세계인 데 반해서 인간세계는 음양의 부조화로 혼란과 결핍의 세계에 빠진 사실을 인식하고, 남녀 결합의 굿을 통하여 음양이 조화된 질서와 충족의 세계를 실현시키려는 욕망과 의지를 표현하였다. 이런 점에서 황조가는 남녀신의 신성결혼을 통하여 풍요와 다산을 기원하는 화해굿 내지 혼인굿의 맥락에서 생성된 주술종교적인 굿노래이면서 경제사적·사회문화적 의미도 아울러 함축하고 있지만, 남신 또는 신랑후보자가 여신 또는 신부후보자를 선택하면서 부른 노래라는 점에서는 남녀가 짝짓기 하는 구애(求愛)의 노래이다.

『삼국유사』에 의하면, 수로부인이 절벽 위의 철쭉꽃을 소유하고 싶어 할 때 소를 끌고 가던 노인이 꽃을 꺾어다가 바치면서 "자주빛 바위 가에 잡고 있는 암소를 놓게 하시고, 나를 아니 부끄러워하시면, 꽃을 꺾어 바치오리다."라는 노래를 불렀다고 한다. 그런데 헌화가(獻花歌)는 수로의 용모가 절세미인이어서 산과 못을 지날 때 신물(神物)이 나타나 순정공으로부터 빼앗아갔다는『삼국유사』의 기록에 근거하면, 헌화가는 단순히 시골의 노인이 수로부인의 미모를 흠모하여 위험을 무릅쓰고 꽃을 꺾어다가 바치며 부른 낭만적인 구애의 노래가 아니라 산신이 수로부인을 신처(神妻)로 맞이하는 신성결혼의식에서 부른 주술종교적인 노래로 보아야 한다. 순정공이 경주를 떠나 강릉태수로 부임하는 도중에 동해안 지방에 전승되던 토착적인 산신굿과 용신굿에 참여하였고, 그때 수로부인이 산신과 용신의 신처의 역할을 하였던 것이다. 따라서 "자주빛 바위 가에 잡고 있는 암소를 놓게 하시고"에서는 산신에게 희생으로 봉헌된 암소를 바위 위에서 도살하여 바치는 타살(打殺)굿을 거행한 사실이 반영되어 있고, "나를 아니 부끄러워하시면"에는 산신이 수로부인을 신처로 삼고 싶은 신의(神意)를 드러낸 것이고, "꽃을 꺾어 바치오리다"는 산신의 신성결혼의식이 산신에게 수로부인을 희생으로 바치는 인신공희(人身供犧) 형태가 아니라 산신이 꽃을 들고 수로부인과 함께 노래하고 춤추는 꽃노래굿이었음을 알려준다.

3. 위기의 상황에서 선택을 고민하는 노래

위기의 상황에서 선택을 고민하는 노래로 공무도하가(公無渡河歌)와 처용가(處容歌)가 있다. 먼저 공무도하가는 후한(後漢) 채옹(蔡邕)이『금조(琴操)』에 기록한 것을 진(晉)나라 최표(崔豹)가『고금주(古今注)』에 다시 수록하였는데, 실학자 한치윤(韓致奫: 1765~1814)이 고조선의 노래로 인식하고『해동 역사(海東繹史)』에 소개함으로써 한동안 잃어버렸던 노래를 되찾았다. 술단지를 안은 백수광부가 아내의 만류에도 불구하고 강을 건너다가 익사하니 아내가 "임이여 물을 건너지 마소서(公無渡河). 임은 끝내 물을 건너셨네(公竟渡河). 물에 빠져 죽었으니(墮河而死), 장차 임을 어찌할꼬(將奈公何)."라고 노래를 부르고 강에 뛰어들어 남편을 따라 죽는 광경을 진졸(津卒) 곽리자고(霍里子高)가 목격하고, 집에 와서 아내 여옥(麗玉)에게 말하니, 여옥이 공후를 연주하며 노래를 부른 것이 공후인(箜篌引)이라고 하였다. 진졸은 단순한 뱃사공이 아니라 나루터를 지키며 범죄자의 도강(渡江)을 막던 군졸이었을 것이다. 그리고 강의 신에게 안전한 도강과 풍부한 어로(漁撈)를 비는 제사를 지내는 사제의 역할도 수행하였을 것이다.

그런데 다음과 같은 중국 단오절의 유래설화를 참고하면, 곽리자고의 이야기는 파도(波濤)의 신의 유래를 설명하는 신화로 볼 수 있다. 한나라 안제(安帝) 2년 5월 5일에 기수(沂水)의 파도가 심하므로 무당이던 조아(曹娥)의 아버지가 파신(波神)을 맞이하다가 익사하였으나 그 시신을 찾지 못하였는데, 14살이던 조아가 강에 나가 아버지를 부르며 밤낮으로 울다가 마침내 강물에 몸을 던져 죽어서 절강성 일대에서 단오날에 조아를 기념한다는 것이다. 원혼관념에 의하여 조아의 원혼을 파신으로 신격화하였음을 알 수 있는데, 조아의 아버지가 숭배하던 파신은 자연신이고, 조아는 인신(人神) 계통의 파신인 것이다.

이러한 조아설화를 통하여 무당 백수광부가 강의 급류를 진정시키기 위해서 파신 내지 도신(濤神)을 맞이하는 굿을 하다가 익사하므로 그의 아내가 순절(殉節)의 풍속에 따라 남편의 뒤를 따라 익사하여 파신으로 신격화된 것으로 추정할 수 있다. 백수광부를 흰 머리카락과 광기(狂氣)와 술단지 등을 근거로 무당으로 볼 수 있기 때문이다. 따라서 "임이여 물을 건너지 마소

곰이 도망치는 어부를 따라 강을 건너려다가 익사하여 수신이 되었다는 곰나루전설에 근거하여 곰을 신으로 모신 웅신당(熊神堂)이 건립되어 있다.

서(公無渡河)"는 무당 백수광부가 도신을 맞이하기 위해서 강의 급류에 뛰어 드는 것이 너무 위험하므로 그의 아내가 만류하는 말이다. 그리고 "임은 끝 내 물을 건너셨네(公竟渡河)"는 백수광부가 무당의 영통력을 과시하기 위해 서 파신맞이를 강행한 사실을, "물에 빠져 죽었으니(墮河而死)"는 백수광부 가 파신맞이굿을 하다가 익사한 사고가 발생한 사실을 말하고, "장차 임을 어찌할꼬(將奈公何)"는 백수광부의 아내가 남편의 뒤를 따라 죽어서 이승에 서의 부부의 인연을 저승에서도 이어나가야 하는 순절의 관습을 따를 것인 지를 고민하는 마음을 표현하였다. 백수광부의 아내가 자신의 경고를 무시 하고 무당의 직무에만 충실한 남편에 대한 배신감과 원망감을 품었지만 결 국은 가부장제의 질서에 순응하여 순절의 길을 택한 것이다. 그래서 그녀의 죽음을 미화하고 원혼을 도신으로 신격화하여 곽리자고가 사제하는 수신(水 神)굿에서 곽리자고의 아내 여옥이 가창하였을 개연성이 크다. 이처럼 백수 광부 부부의 이야기는 수신의 유래설화이고, 곽리자고 부부의 이야기는 수 신굿의 전승집단에 대한 기록으로 보면, 공무도하가는 남수신과 여수신의 신성결혼의식인 화해굿 내지 양주합십(兩主合心)굿에서 부른 노래가 된다.

『삼국유사』에 의하면, 헌강왕이 울산의 개운포에서 처용을 데리고 서라벌에 돌아와서 미녀와 결혼을 시키고 급간이라는 관직을 주어 왕정을 보좌하게 하였는데, 처용이 역신이 아내와 동침하는 장면을 목격하고 노래를 부르고 춤을 추니, 역신이 처용의 관용과 자비에 감사하고 다시는 처용의 영역을 침범하지 않겠다고 서약하고 물러났다고 한다. 이러한 처용설화는 동해용신 처용을 개운포에서 맞이하여 서라벌에 와서 좌정시키고 신성결혼을 시킨 다음에 처용과 역신의 싸움굿과 화해굿을 연행하여 역질을 퇴치한 사실을 서술하고 있다. 처용가는 "서라벌 밝은 달에/밤 깊도록 놀다가/들어와 잠자리를 보니/가랑이가 넷이로구나./둘은 내 것인데/둘은 누구 것인가? 본디 내 것인데/빼앗은 것을 어찌할까?"인데, 먼저 밝은 달과 가랑이가 넷인 잠자리가 대립된다. 원만하고 융통한 보름달이 떠 있는 광명한 천상계와, 욕망 때문에 배신하는 암흑과 혼돈(混沌)의 지상계가 대립되는 것이다. 이러한 공간적 대립은 "둘은 내 것인데/둘은 누구 것인가?"와 같은 소유권의 다툼으로 이어지는데, 처용이 아내에 대한 기득권을 주장하면서 아내를 빼앗은 역신을 도둑으로 단죄한다. 그리하여 '본디 내 것인데, 네가 어찌 감히 빼앗는단 말이냐?'고 호령하고 질책한다. 이처럼 처용가는 처용과 역신 사이의 싸움굿에서 부른 노래인 것이다. 싸움굿은 상극(相剋)의 원리에 근거한다. 그러나 역신이 처용에게 항복하고 관용과 자비를 구함으로써 화해굿으로 전환된다. 화해굿은 상생(相生)의 원리에 근거한다. 갈등을 표출하는 싸움굿에 이어서 갈등을 해소하고 화합하는 화해굿을 하면, 현실에서도 그러한 효험이 발생한다는 유감주술의 원리에 의해서 처용굿을 연행한 것이다. 따라서 처용가는 싸움굿에서 부른 노래이므로 체념의 노래가 아니라 대결의 노래이다. 그렇지만 '본디 내 것인데, 빼앗은 것을 어떻게 대응해야 할까?'라고 고민하고, 그 해결방안으로 역신을 참살하지 않고 관용을 베풀어

처용이 헌강왕 앞에 출현한 처용암-육지에서 가까운 섬이 신의 세계와 인간의 세계의 경계지역으로 믿어진다.

화해하고 공존하려는 노래로 볼 수도 있다. 곧 싸움굿으로만 해결하지 않고, 싸움굿을 화해굿으로 반전시켜 상극이 아니라 상생의 길을 선택하는 것으로 볼 수도 있는 것이다.

4. 미래를 예언한 노래

『삼국유사』에 의하면, 진표율사가 미륵보살에게서 하사받은 불골간자(佛骨簡子)를 영심이 속리산의 길상사에 보관하고 있었는데, 신라 왕자인 심지대사(心地大師)가 양도받아 팔공산의 동화사로 가져와서 첨당(籤堂)에 보관할 때, 심지대사가 먼저 팔공산의 산신에게 수계(授戒)하여 불교에 조복한 다음 산신과 함께 산마루에 올라가서 불골간자를 바람에 날리니 동화사 근처의 샘에 떨어졌다고 한다. 그리고 불골간자를 바람에 날릴 때 산신이 "막혔던 바위 멀리 물러가니 숫돌처럼 평평하고, 낙엽이 날아 흩어지니 앞길이 훤해지네. 불골간자를 찾아 얻어서, 깨끗한 곳 찾아 정성 드리려네."라는 노래를 불렀다고 한다. 이처럼 진표율사의 불골간자를 팔공산의 동화사에 보관할 때 불교와 산신신앙이 융합된 종교의식을 행하였는데, 산신가의 내용을 보면, "막혔던 바위 멀리 물러가니 숫돌처럼 평평하고"는 선돌을 제거하여 평평한 숫돌바위 중심으로 제장(祭場)을 만든 사실을, "낙엽이 날아 흩어지니 앞길이 훤해지네."는 바람을 운반수단으로 하여 불골간자를 봉안할 정토(淨土)를 점치는 사실을, "불골간자를 찾아 얻어서"는 운반물체가 미륵신앙의 신기대보(神器大寶)인 불골간자인 사실을, "깨끗한 곳 찾아 정성 드리려네."는 불골간자를 안치할 장소를 점치는 사실을 말하고 있다. 곧 불골간자의 출발지와 운반수단을 말한 다음 운반물체는 불골간자이고, 그것이 최종적으로 도착할 장소를 말하여 '제장-풍점(風占)-성물(聖物)-성지(聖地)'의 서사구조로 되어 있다.

신라 말기의 헌강왕 때는 경주 남산의 산신이 포석정(鮑石亭)에서 헌강왕 앞에 현신하여 "지혜로 나라를 다스리는 이가 알고서 많이 도망치므로 도읍이 망할 것이다. 도읍이 망할 것이다[지리다도파도파(智理多都破都破)]"라고 노래를 부르고 춤을 추었다고 한다. 지혜로 나라를 다스리는 사람들은 최치원과 같은 육두품 출신을 가리키는 것으로 보면, 진골과 육두품의 분열과 갈등 때문에 서라벌 곧 신라가 결국에는 망하게 될 것이라고 경고하면서 진골에게 기득권을 양보하고 육두품과 계급적 화해를 해야 한다고 종용한 점에서 일종의 참요(讖謠)에 해당한다. 요컨대 헌강왕이 신라의 정치적 위기를 극복하기 위해서 진골과 육두품을 통합시키려는 일종의 화해굿을 거행하면서 지리다도파곡을 부른 것이다.

대구 팔공산의 동봉에 있는 숫돌바위

경주 남산의 산신에게 제사를 지내던 포석정-유상곡수(流觴曲水)는 원래는 액막이의 풍속인데, 풍류로 변하였다.

제2장

정석가의 상상력과 예악사상

정석가(鄭石歌)는 『악장가사』에 가사의 전문이 기록되어 있다. 형태적으로는 반복법에 의한 3행시가 11개이지만, 의미적인 면에서는 6개의 연으로 구분되고, 논리적인 면에서는 서사와 본사와 결사로 구분된다.

딩아 돌하 當수(당금)에 계샹이다(징아 돌아 당금에 계십니다)
딩아 돌하 當수(당금)에 계샹이다
先王聖代(선왕성대)예 노니오와지이다(선왕성대에 놀고 싶습니다)

'딩'은 징〔鉦(정)〕이고, '돌'은 석경(石磬)으로 보면, 금석악기(金石樂器)의 의인화이다. 특히 석경은 제례악(祭禮樂)에서 다른 악기들의 음을 기본음으로 통일시키는 역할을 하는 점에서 징과 돌은 환유법으로 음악을 가리킨다. 징과 석경이 지금 있다는 말은 음악이 있다는 말이다. 그리고 선왕은 요순(堯舜)과 같은 중국 고대의 성군을 가리키므로 선왕성대에 놀고 싶다는 말은 요순시대와 같은 태평성대에 놀고 싶다는 말이다. 그리하여 서사는 음악을 연주하여 요순시대의 태평성대를 재현하려 하는 금왕(今王)의 성덕을 칭송하고, 금왕도 선왕처럼 성군이 되기를 기원하는 송도(頌禱)의 노래가 된다.

그런데 이러한 내용은 예악사상(禮樂思想)에 근거하고 있다. 예악사상은 중국에서 『주례(周禮)』, 『의례(儀禮)』, 『예기(禮記)』를 통하여 확립되었는데, 우리나라에는 일찍이 삼국시대에 전래되었으나 고려 예종(睿宗) 때 송나라의 대성아악(大晟雅樂)을 수용하면서 본격화된 것으로 보인다. 예악사상에 의하면, 예는 구별과 차별에 의하여 천지의 질서를 세우고, 악은 예로 인한 갈등을 해소하고 조화시켜 인간의 마음을 순화하는 작용을 한다. 그러나 이처럼 예는 사물을 다르게 만들고, 악은 같게 만들지만, 궁극적인 지향점은 동일하다고 보며, 유학에서는 예와 악을 모두 인(仁)의 표상으로 간주한다. 그리하여 의례(儀禮)에서 음악을 연주하여 인성을 순화함으로써 교화하려고 하는데, 왕이 천하를 다스림에 있어서 이러한 예악사상을 실천하여 태평성대를 이룩하면 덕(德)이 있는 성군이 되는 것이다. 이것이 정치와 예와 악의 상관관계인데, 고대의 제정일치(祭政一致)에서 기원을 찾을 수 있다. 우리나라의 제천의식에서도 가무악(歌舞樂)이 연행되었는데, 의례와 음악과 정치의 삼위일체에 다름 아니다. 이러한 전통이 신라에서 팔관회와 연등회의 음복의례(飮福儀禮)로 계승되어 고려에 계승되었는데, 소회와 대회에서 왕에게 세자와 신하들이 술을 바치며 만수무강을 축원하는 헌수의례(獻壽儀禮)를 행하고 가무악(歌舞樂)도 연행하였다. 동동(動動)의 서사에서 덕과 복을 진상하러 오고 싶다고 말한 것은 동동이 바로 이러한 음복의례에서 불린 송도가이기 때문이다. 정석가의 서사도 동동과 마찬가지로 민요를 향악정재(鄕樂呈才)에 수용할 때 헌선도(獻仙桃)나 연화대(蓮花臺)와 같은 당악정재(唐樂呈才)의 창사가 서두에서 주제를 요약적으로 제시하는 구호(口號)나 구호치어(口號致語)를 배치하는 창작기법에서 영향을 받아 추가된 것이다.

예악정치로 요순시대의 태평성대를 당대에 구현하는 금왕이 덕치(德治)를 행하는 성군이기 때문에 서사에 이어지는 본사에서 덕이 있는 성군이 만수무강하기를 기원한다.

삭삭기 셰몰애 별혜 나는	(바삭바삭한 세모래 벼랑에)
삭삭기 셰몰애 별혜 나는	
구은밤 닷되를 심고이다	(군 밤 다섯 되를 심습니다)
그 바미 우미 도다 삭 나거시아	(그 밤이 움이 돋아 싹이 나면)
그 바미 우미 도다 삭 나거시아	
有德(유덕)ᄒ신 님믈 여희ᄋ와지이다	(유덕한 임을 이별하고 싶습니다)

바삭바삭하고 자잘한 모래의 비탈에 구운 밤 다섯 되를 심어 그 밤에서 움이 돋고 싹이 나면, 그때 유덕한 임과 이별하고 싶다고 한다. 물기가 없는 모래에 군밤을 심으면, 움이나 싹이 나는 것은 불가능하다. 그러한 불가능한 일은 영원히 일어나지 않는다. 따라서 불가능한 상황이 현실화하면 임과 이별하고 싶다는 말은 임과 영원히 이별하지 않기를 바란다는 뜻이다. 임과 함께 영원히 살고 싶은 것은 임이 덕이 있기 때문인데, 덕이 있는 임은 선왕을 본받은 금왕이다. 곧 예악사상을 실천하는 금왕이 덕이 있는 성군이기 때문에 만수무강하기를 축원하는 것이다. 따라서 정석가는 여성이 남성과 이별하지 않고 영원히 함께 살아가기를 비는, 영원불변의 사랑을 표현한 노래가 아니라 신하가 성군의 덕을 칭송하고 만수무강을 축원하는 송도가로 보아야 한다.

玉(옥)으로 蓮(연)ㅅ고즐 사교이다	(옥으로 연꽃을 새깁니다)
玉(옥)으로 蓮(연)ㅅ고즐 사교이다	
바회 우희 接柱(접주)ᄒ요이다	(바위 위에 접주합니다)
그 고지 三同(삼동)이 퓌거시아	(그 꽃이 세 동이 피면)
그 고지 三同(삼동)이 퓌거시아	

有德(유덕)ᄒ신 님 여히ᄋᆞ와지이다 　　　(유덕한 임을 이별하고 싶습니다)

　옥으로 연꽃을 조각하여 바위 위에 접을 붙여 그 꽃이 세 묶음이 피면, 그때에 유덕한 임과 이별하고 싶다고 한다. 그러나 옥으로 조각한 연꽃이, 더구나 바위에 접을 붙인 연꽃이 핀다는 것은 불가능한 일이다.

　　　므쇠로 텰릭을 ᄆᆞᆯ아 나ᄂᆞᆫ　　　　(무쇠로 철릭을 마름질합니다)

　　　므쇠로 텰릭을 ᄆᆞᆯ아 나ᄂᆞᆫ

　　　鐵絲(철사)로 주롬 바고이다　　　　　(철사로 주름을 박습니다)

　　　그 오시 다 헐어시아　　　　　　　　(그 옷이 다 헐면)

　　　그 오시 다 헐어시아

　　　有德(유덕)ᄒ신 님 여히ᄋᆞ와지이다　(유덕한 임과 이별하고 싶습니다)

　　　므쇠로 한쇼를 디여다가　　　　　　(무쇠로 황소를 지어서)

　　　므쇠로 한쇼를 디여다가

　　　鐵樹山(철수산)애 노호이다　　　　　(철수산에 놓습니다)

　　　그 쇠 鐵草(철초)를 머거아　　　　　(그 소가 철초를 먹으면)

　　　그 쇠 鐵草(철초)를 머거아

　　　有德(유덕)ᄒ신 님 여히ᄋᆞ와지이다　(유덕한 임을 이별하고 싶습니다)

　무쇠로 철릭을 재단하여 철사로 주름을 박아 만든 옷이 헐어지면, 그때에 유덕한 임과 이별하고 싶다고 하고, 다시 무쇠로 황소를 주조(鑄造)하여 철수산(鐵樹山)에 방목하여 그 소가 철초(鐵草)를 다 먹으면 그때에 유덕한 임과 이별하고 싶다고 한다. 이와 같이 정석가의 본사는 4개의 연이 모두 불가능한 상황을 가정하여 임과의 이별도 불가능하다고 강변하여 덕이 있는 금왕의 만수무강을 축원하는 역설적 표현법이 사용되었다. 따라서 불가능한 상황을 조작하는 2·3·4·5연을 해체하여 다음과 같은 통사구조로 재구할 수 있다.

[A]	[B]	[C]	[D]
2연: 모래벼랑에 심은-	군	-밤이	-움이 돋아 싹이 나다
3연: 바위 위에 접주한-	옥으로 새긴	-연꽃이	-피다
4연: 철사로 주름 박은-	무쇠로 마름한	-철릭이	-헐다
5연: 철수산의 철초를-	무쇠로 주조한	-황소가	-먹다

'C-D'는 밤이 움이 돋아 싹이 나고, 연꽃이 피고, 철릭이 헐고, 황소가 먹는 것은 동식물의 생명현상이나 속성이므로 가능한 세계이고, 정상적이다. 철릭은 식물의 껍질 및 동물의 가죽과 털로 만들기 때문에 재료가 동식물이다. 그러나 여기에 B가 C의 수식어로 첨가되면(B-C-D) 그와 같은 현상은 현실적으로 불가능해진다. 뿐만 아니라 A가 C의 수식어로 첨가될 때(A-C-D)도 역시 불가능한 상황이 된다. 'B-C-D'가 불가능한 것은 C가 B에 의해서 동식물 내지는 동식물적인 것이 광물화(鑛物化)되기 때문이며, 'A-C-D'가 불가능한 것은 C가 A와 같은 환경에서는 생존이 불가능하거나 지속적으로 존재하기 어렵기 때문이다. 따라서 'A-B-C-D'는 불가능의 조건을 이중으로 조작한 상황이기에 그 실현성은 절대적으로 불가능한 것이다.

그런데, 여기서 주목되는 점은 A와 B의 소재들이 전부 '모래, 바위, 옥, 무쇠, 철사, 철초, 철수산' 등과 같은 광물질이며, B가 C와 같은 식물(밤·연꽃)·

동물(황소)·동식물성(철릭)을 광물화하는 점이다. B와 C의 결합―이것은 동식물적인 상상력을 부정하고 광물질적인 상상력에 의해 정석가가 제작되었음을 의미한다. 동식물(생물)은 그 속성으로서 부드러움, 관능성, 현세적 생명감, 성장성, 변화성, 소멸성(죽음), 유한성 등을 들 수 있다면, 광물질의 속성으로는 견고성, 불변성, 고정성, 영원성, 건조성, 지고성(至高性) 등을 들수 있는데, 동식물적 상상력에서 광물적 상상력으로의 전환은 전자의 속성을 부정하고 후자의 속성에 가치를 부여하고 지향하는 것을 뜻한다. 요컨대영원이란 시간을 형상화하기 위해서 동식물적 상상력을 부정하고, 광물적상상력을 지향하였다.

한편, D의 동사의 의미를 분석해 보면, '돋다·나다(2연)·피다(3연)'는 '작다→크다, 아래→위, 안→밖'의 방향으로의 변화와 운동을, '헐다(4연), 먹다(5연)'는 '크다→작다, 많다→적다, 밖→안'의 방향으로의 변화와 운동을 의미자질(意味資質)로 내포하고 있다. 따라서 전자는 생성과 성장, 증가와 확대의 방향이라면, 후자는 소멸과 파괴, 경감과 축소의 방향을 지향한다. 곧 2·3연과 4·5연은 지향점이 +무한대와 −무한대로 대립된다고 할 수있다. 영원이란 시간은 성장하고 확장하는 방향과 영원히 소멸하고 축소되는 두 방향이 있는데, 애국가는 '동해물과 백두산이 마르고 닳도록'이라고하여 영원이란 시간적 상상력이 마이너스 방향만 보이는 점에서 두 방향을균형 있게 보여주는 정석가와 다르다.

정석가는 서사에서 금왕이 선왕의 예악정치를 당대에 실천하고 있음을칭송하고, 본사에서 예악정치를 실천하여 덕치를 이룩한 금왕의 만수무강을 축원하였는데, 이승에서 임과 함께 영원히 살지 못하고 임과 이별하고 홀로 외롭게 살아가야 하는 상황이 오더라도 시적 화자의 임을 향한 신의(信義)와 충성심에는 변함이 없을 것이라고 다음과 같이 맹서하는 것으로 결사를 삼는다.

구스리 바회예 디신들   (구슬이 바위에 떨어진들)

구스리 바회예 디신들

긴힛돈 그츠리잇가   (끈이야 끊어지겠습니까?)

즈믄히를 외오곰 녀신들   (천 년을 외로이 살아간들)

즈믄히를 외오곰 녀신들

信잇돈 그츠리잇가   (신의야 변하겠습니까?)

구슬이 바위에 떨어지면 구슬은 깨지더라도 끈은 끊어지지 않듯이 임과 이별하고 천 년을 외로이 살아가더라도 임에 대한 신의(信義)는 변함이 없을 것이라고 다짐하는데, 서경별곡의 제2연을 6행시로 변형시킨 것이다. 그러나 서경별곡은 여인이 임에 대한 영원불변의 정절(貞節)을 지키겠다고 다짐하는 내용이지만, 정석가에서는 신하의 충성서약으로 의미가 바뀌었다. 예(禮)는 임금과 신하를 구별하고 차별화하여 수직적인 주종관계이지만, 군신유의(君臣有義)라고 하듯이 신하는 임금에게 의리(義理)를 요구할 수 있는 권리가 있다. 그러나 사군이충(事君以忠)이라 하듯이 신하로서 충성을 바치고 임금이 백성을 다스리는 것을 보필해야 하는 의무도 아울러 수행해야 한다. 신하의 분수를 지키고 도리를 다 해야 하는 것이다. 따라서 시적 화자는 예악정치를 실천하는 성군의 덕을 칭송하고 만수무강을 축원하는 데 그치지 않고 영원불변의 신의를 지키고 충성을 바치겠다고 서약하는 것이다. 권리의 주장만이 아니라 의무도 이행하여 군신관계의 조화와 화합을 도모함으로써 예를 보완해야 하는 악(樂)의 기능을 완성시키는 것이다. 요컨대 정석가의 작자는 예악사상의 실천방안으로 덕치를 행하는 성군을 모시는 신하의 의무수행을 민요나 기존가요를 수용하여 '서사(칭송) - 본사(기도) - 결사(서원)'로 구성하여 궁중의례의 향악정재로 연행하였다. 따라서 정석가에 대해서 문학성이 미흡하다는 평가는 재고되어야 마땅하고, 광물적 상상력을 발휘하고 불가능한 상황을 조작하여 신하의 성군에 대한 영원불변의 신의와 충성심을 형상화함으로써 노래의 정치적 기능을 극대화한 점에서 고려시대 송도가의 전범을 보여준다는 평가가 가능한 것이다.

그렇지만 시적 화자와 임과의 관계를 군신관계로만 고착화시킬 필요는 없을 것 같다. 여인과 임과의 관계로 치환이 가능하다고 본다. 왜냐하면 충신불사이군(忠臣不事二君)은 열녀불경이부(烈女不更二夫)와 같이 유교적 도덕규범의 근간을 이루기 때문에 충신연군지사(忠臣戀君之詞)는 남녀상열지사(男女相悅之詞)와 표리관계를 이루기 때문이다. 정과정곡이 충신연군지사이지만 남녀상열지사로도 해석될 수 있듯이 정석가도 가능할 것이다. 반대로 이상곡이나 만전춘별사와 같은 남녀상열지사도 정치적 맥락에서 충신연군지사로 의미부여가 가능하다고 본다. 이것이 송도가인 동동이나 정석가의 본사에서 남녀 사이의 애정이 표현되어 있는 이유이다. 다시 말해서 애정민요가 궁중음악으로 수용되었기 때문에 당연한 현상이라고 피상적으로 설명할 것이 아니라, 예악사상의 관점에서 고려속요가 궁중의 향악정재로 연행되었기 때문에 신하의 충성과 지어미의 정절을 동일시한 데서 근원적인 원인을 찾아야겠다.

제3장

동동에 나타난 세시풍속과 송도

1. 세시풍속의 특성

고려속요 동동(動動)은 달거리 형식에 서사가 결합되어 13개의 연으로 되어 있다. 달거리는 정월과 3·4·11월은 자연현상을, 나머지는 세시풍속을 소재로 하였다. 그러나 자연과 풍속의 변화를 기록하는 데 머물지 않고, 그러한 변화에 대한 인간의 심리적·정서적 반응을 표현한 서정성이 뛰어난 노래이다. 따라서 고려속요 중에서 자연·문화·인간의 관계가 가장 잘 반영된 작품이다. 조선시대의 농가월령가는 계절과 농사와 풍속의 변화만 기록하였기 때문에 교술가사(敎述歌辭)에 속하지만, 고려속요는 자연과 풍속이 유발하는 인간의 정서를 표현하는 것이 창작동기인 까닭에 뛰어난 서정시(抒情詩)가 되었다.

세시풍속은 계절적 통과의례이다. 통과의례는 공간적 통과의례와 시간적 통과의례로 구분하고, 시간적 통과의례는 다시 '출산의례-성년식-혼인식-장례식'과 같이 개인적 차원에서 치르는 평생의례와, 신년의례나 명절처럼 공동체 차원에서 치르는 계절의례로 나눌 수 있다. 통과의례는 '분리-전이(轉移)-재통합'의 단계를 거치는데, 전이의례에서 질적인 변화가 일어난다. 동제(洞祭)의 경우, 먼저 마을 입구에 금줄을 치고 황토를 뿌려 외부인과 잡귀의 출입을 막는 분리의례를 행한다. 그런 다음에 무당이나 풍물패나 탈광대가 동신(洞神)을 신당에서 마을로 모시고 오면, 동신이 집집마다 돌아다니면서 악귀를 내쫓고 복을 주고서 되돌아가는 전이의례를 행한다. 이처럼 마을은 신이 다스리는 신정(神政)을 통하여 정화되고 경신되는 질적 변화가 일어난 상태에서 인간이 인간을 다스리는 세속적인 세계가 새롭게 시작되는 것이다.

세시풍속은 계절적 통과의례로서 몇 가지 특성을 지니는데, 첫째가 1년을 시간단위로 하여 반복되는 주기성(週期性)이다. 자연을 관찰하여 인간이 인식하게 된 시간단위는 해가 뜨는 낮과 달이 뜨는 밤이 합하여 하루가 되고, 보름달에서 다음 보름달까지가 1달이고, 낮이 가장 긴 하지에서 다음 하지까지, 또는 밤이 가장 긴 동지에서 다음 동지까지가 1년이다. 이처럼 해와 달을 기준으로 1년을 계산하여 태음력과 태양력이 생겼는데, 우리나라 세시풍속은 태음력을 기본으로 하고, 태양력이 결합되었고, 여기에 불교의 영향이 더해졌다. 태양력의 동지(冬至)와 한식(寒食)-동지에서 105일째 되는 날-만이 아니라 연등과 초파일(부처탄생일)과 같은 불교의식일이 주요한 명절이었다. 춘하추동이 1년을 단위로 주기적으로 반복되듯이 세시풍속도 1년을 단위로 주기적으로 반복되는데, 이것은 자연의 순환적 질서가 문화의 순환적 질서로 확장된 것이다.

다음으로 세시풍속은 주술종교성을 지닌다. 종교는 자연이나 인간을 신격화하는데, 주술은 신의 유무와 상관없이 특정한 효험을 위해서 특정한 행위를 하는 것이다. 종교도 천체나 동식물과 같은 자연을 신격화한 원시신앙에서 석가모니나 노자와 같은 위대한 인간을 신격화한 고등종교로 전환되었다. 주술은 유감주술과 감염주술로 구분하는데, 유감주술은 반구대암각화처럼 사냥하는 그림을 그리고 사냥하는 시늉을 하는 춤을 추면 실제로 사냥에 성공한다고 믿는 경우이고, 감염주술은 도둑의 발자국에 불을 피우면 도둑의 발바닥이 화상을 입는다고 믿는 경우이다. 이러한 주술신앙과 종교를 토대로 인간의 안전과 무병장수 및 농사의 풍작과 가축의 번식을 기원하기 위해서 세시풍속이 발생하였다.

셋째로 세시풍속은 계절성을 지닌다. 특히 절식(節食)이라 하여 야생의 동식물 및 농경(農耕)과 관련된 음식문화가 발달하였다. 설날에 꿩고기로 떡국을 끓이고, 추석에 햅쌀로 송편을 빚고, 중양절에 국화주를 담그고, 동지에 팥죽을 끓였다. 그런데 이러한 절식도 단순히 계절적 풍미를 즐기기 위한 음식이 아니라 주술종교성을 띠었다. 일례로 팥죽을 보면, 동짓날은 밤이 가장 길어 음기(陰氣)가 극성하므로 벽사(辟邪)의 색인 붉은 색의 팥으로 죽을 끓여 대문에 바르고 사람이 먹으면 사기(邪氣)와 악귀로부터 인간을 보호할 수 있다고 믿었다. 국화주도 음양사상과 주술신앙에 근거하였다. 9월 9일 중양절(重陽節)은 양수(陽數)인 9가 두 번 중복된 날이기 때문에 양기(陽氣)가 극대화된 날이다. 그래서 이 날 국화로 술을 담그면 양기가 충만한 약주(藥酒)가 된다고 믿었다.

넷째로 세시풍속은 1년 12달에 걸쳐 명절 중심으로 전개되어서 1년 주기가 다시 12주기로 세분화되었다. 명절은 음력을 채택하여 정월은 1월 1일 설날과 15일 대보름이고, 2월부터는 짝수달은 보름날로 2월 15일 연등, 6월 15일 유두(流頭), 8월 15일 한가위[추석(秋夕)]이고, 홀수달은 3월 3일 삼짇날, 5월 5일 수릿날(단오), 7월 7일 칠석(七夕), 9월 9일 중양절(重陽節)로 달과 숫자가 같은 날이 명절이 되었다. 홀수달의 명절은 중국에서 홀수가 양수(陽數)이므로 두 번 중첩되는 날이 양기(陽氣)가 극성하다고 믿어 명절로 한 것을 우리나라에서 수용한 것이다. 중국의 세시풍속이 언제 전래하여 토착적인 고유의 세시풍속과 융합되었는지 정확한 시기를 알 수는 없다. 다만 고려속요의 동동을 통해서 대부분의 주요한 명절이 확인되고, 그것이 『동국세시기』에 보이는 조선시대의 세시풍속으로 계승된 사실은 분명하다. 한편 짝수달의 명절이 보름날인 것은 고대사회의 윤월제의(輪月祭儀)의 유풍으로 볼 수 있다. 신석기시대에 농경생활을 시작할 때 대지가 곡식의 씨앗을 품어 길러내는 것이 자녀를 잉태·분만·양육하는 여성의 활동과 유사하므로 대지를 여신으로 신격화하고, 또한 달이 차고 기우는 운행주기가 여성의 생리주기와 일치하므로 달도 여신으로 신격화하여, 진도의 강강술래처럼 여성이 보름날밤에 달맞이를 하여 몸을 정화하고 생명력을 경신하던 재생의식에서 보름달축제의 원천을 찾을 수 있는 것이다. 그리고 12월은 동지(冬至)가 대표적인 명절인 것은 태양력의 수용이고, 2월 15일에 연등을 하고, 4월은 석가모니의 탄신일인 초파일을 명절인 것은 불교의 수용에 의한 변화이다. 요컨대 고유의 세시풍속과 중국에서 전래한 세시풍속, 그리고 불교와 함께 수용된 세시풍속이 혼합되어 우리나라 세시풍속을 형성하였다.

2. 동동에 반영된 세시풍속

『고려사』의 「악지(樂誌)」에서 고려속요 동동(動動)에 송도의 가사(歌詞)가 많이 들어있다고 하였다. 동동을 송도가로 인식한 것이다. 송도가는 궁중의 정재(呈才)에서 신하가 왕의 덕을 찬양하고 만수무강을 기원하는 노래이다. 정재는 당악정재와 향악정재가 있다. 당악정재는 서왕모(西王母)나 선녀가 선계에서 대궐에 내방하여 왕의 덕화(德化)를 찬양하고 만수무강을 축원하며 신물(神物)을 바치고 가무를 연행하고 되돌아가는데, 헌선도(獻仙桃)·연화대(蓮花臺)·오양선(五羊仙)·포구락(抛毬樂)이 연극성이 가장 풍부하다. 향악정재는 고려속요를 수용한 것인데, 동동도 정석가처럼 서사(序詞)에서 송도가적 성격을 뚜렷하게 보여준다.

德(덕)으란 곰빙예 받줍고　　　(덕은 뒷 잔에 바치고)

福(복)으란 림빙예 받줍고　　　(복은 앞 잔에 바치고)

德(덕)이여 福(복)이라 호늘　　　(덕이여 복이라 하는 것을)

나ᅀᅡ라 오소이다　　　(진상하러 오고 싶습니다)

아으 動動(동동)다리

　팔관회나 연등회의 음복(飮福)의례를 소회와 대회로 나누어 시행하였는데, 세자와 신하가 임금의 덕을 찬양하고 만수무강을 비는 뜻으로 술잔을 바쳤다. 이를 헌수(獻壽)라 하였는데, 동동의 서사는 바로 이 헌수를 표현하였다. 임금에게 술잔을 진상하며 덕을 찬양하고 복을 기원한 것이다. 덕과 복은 인간이 추구하는 가치인데, 도(道)는 우주의 진리이고, 덕은 진리를 인지하고 실천하여 인격을 완성시킨 것을 가리키고, 복은 덕을 행동으로 실천한 데 대한 보상이다. 그래서 유교에서 임금이 성현의 가르침대로 도를 실천하는 정치를 행하는 것을 덕치주의(德治主義)라고 한다. 따라서 동동의 서사는 임금이 덕치를 실천하므로 이를 찬양하고, 덕치의 보상으로 복을 축원하는 뜻에서 술잔을 진상한다는 내용이다. 이는 인간이 신에게 술을 바치면, 신이 흠향(歆饗)하고, 다시 인간에게 술잔을 하사하여 명(命)과 복(福)을 주는 음복(飮福)의례의 인간과 신과의 관계가 신하와 임금의 관계로 전이된 것이다.

　동동의 본사는 자연의 변화를 소재로 한 것과 세시풍속을 소재로 한 것으로 양분할 수 있는데, 세시풍속을 소재로 한 작품은 다시 복을 비는 것과 액(厄)막이를 하는 것으로 나누어진다.

1) 자연과 계절의 변화를 소재로 한 것

동동 중에서 자연현상을 소재로 한 노래로 정월노래, 3월노래, 4월노래, 11월노래가 있다.

正月(정월) 나릿므른   (정월 냇물은)

아으 어져 녹져 ᄒ논디   (얼듯 녹듯 하는데)

누릿 가온디 나곤   (누리 가운데 태어나서)

몸하 ᄒ올로 녈셔   (몸이여 홀로 살아가는구나)

음력 정월은 양력으로는 2월이므로 겨울이 지나가고 봄이 오는 과도기이다. 겨울에 얼었던 냇물이 녹으려 하는 시기인 것이다. 계절의 순환질서는 음기가 충만하던 겨울이 가고 양기가 만물을 소생시키는 봄이 다가오는 변화가 일어나고 있는데, 서정적 자아는 세상에 태어나서 짝을 만나 음양의 조화를 이루지 못하고 홀로 외로이 살아가고 있다. 이처럼 자연의 질서와 인간의 질서가 일치하지 못하니, 서정적 자아가 자연에서 위화감을 느끼고 고독감과 슬픔에 빠지는 것이다.

물론 이 노래에서 냇물은 정월 보름날 답교(踏橋)놀이를 하는 다리의 아래로 흐르는 냇물이다. 답교놀이는 다리[각(脚)]를 튼튼히 하기 위해서 다리[교(橋)]를 왕복하던 풍속으로 음의 동음이의(同音異義)에 의하여 유감주술(類感呪術)의 행위로 다리밟기를 한 것이다. 겨울철에 추운 날씨 때문에 실내에서 주로 생활하기 때문에 다리의 힘이 약해졌기 때문에 날씨가 다소 풀린 정월 대보름날에 옥외운동으로 다리밟기를 유도한 것이다. 그러나 젊은 남녀가 다리에서 마주치게 되고, 그리하여 사랑에 빠지기도 한 바, 조선시대에는 서울 청계천의 광통교와 수표교의 다리밟기가 풍기를 문란하게 한다는 이유로 금지되기도 하였다. 정월노래는 정월 대보름 풍속인 다리밟기와 관련이 있지만, 다리밟기가 유발하는 정서를 표현하지 않고 다리 밑으로 흐르는 냇물을 소재로 하였다. 문화현상이 아니라 자연현상을 소재로 선택한 것이다.

三月(삼월) 나며 開(개)흔   (삼월 나며 핀)
아으 滿春(만춘) 둘 욋고지여   (만춘의 진달래꽃이여)
ᄂᆞ민 브롤 즈슬   (남이 부러워할 모습을)
디녀 나샷다   (지니고 태어났도다)

삼월노래도 여자들이 야외에 가서 진달래꽃을 따서 화전(花煎)을 부쳐 먹고, 진달래꽃술로 싸움놀이를 하여 패배한 편이 노래를 부르던 화전놀이를 소재로 하지 않고, 만개(滿開)한 진달래꽃과 사람들이 부러워하는 외모의 임을 동일시하는 은유적 표현을 통해서 임을 찬미하였다. 이 노래 역시 화전놀이를 직접적인 소재로 하지 않고, 자연현상인 진달래꽃의 만개를 소재로 한 점에서 정월노래와 같은 표현법에 해당한다.

四月(사월) 아니 니저   (사월 안 잊고)
아으 오실셔 곳고리새여   (오는구나 꾀꼬리새여)
므슴다 錄事(녹사)니믄   (무엇 때문에 녹사님은)
녯 나ᄅᆞᆯ 닛고신뎌   (예전의 나를 잊으셨는지)

4월이 되니 꾀꼬리는 다시 돌아오는데, 녹사님은 예전에 사랑하던 나를 잊어버리고 되돌아오지 않는다고 한탄한다. 자연은 순환적 질서에 따라 운행되지만, 인간사는 그렇지 않은 데서 괴리감과 위화감을 느낀다. 꾀꼬리와의 부조화를 통하여 자신의 모순과 불행을 부각시키는 대조법이 효과적으로 사용되었다. 그런데, 봄철에 강남에 갔던 제비가 다시 돌아오는지의 여부와 시기를 가지고 집안과 농사의 길흉을 점치는 것을 방증으로 삼으면, 4월노래도 꾀꼬리를 보고 한해의 길흉을 점치던 풍속과 관련이 있는 것으로 볼 수도 있다. 꾀꼬리는 인도나 인도차이나반도에서 겨울을 나고 양력 4월 하순이나 5월 초순에 우리나라에 와서 여름을 보내고 9월에 돌아가는 철새이므로 봄의 도래를 알리는 새로 인식되었다. 노란 깃털 때문에 황조(黃鳥), 금의공자(金衣公子)라 불리었고, 고운 울음소리 때문에 '꾀꼬리 같은 목소리'라는 말이 생기기도 하였다. 그리고 휘늘어진 능수버들과 밀접하여 춘흥을 느끼게 하였고, 암수가 금슬이 좋아 애정을 상징하는 새로 인식되었는데, 고구려의 황조가가 이런 꾀꼬리를 소재로 한 노래로 대표적이다. 설령 꾀꼬리가 새점〔조점(鳥占)〕과 관련된다 하더라도 4월노래에는 철새의 회귀성이라는 자연현상이 직접적인 소재로 표현되었다고 보는 것이 타당할 것 같다.

十一月(십일월) 봉당자리예　　　　(11월 봉당의 잠자리에)

아으 汗衫(한삼) 두퍼 누워　　　　(한삼 덮고 누워)

슬훌스라온뎌　　　　　　　　　　(슬퍼할 일이로구나)

고우닐 스싀옴 녈셔　　　　　　　(고운 이를 여의고 스스로 살아간다)

11월의 차가운 봉당에 잠자리를 만들고 한삼을 덮고 누워서 슬퍼할 일인데, 그것은 고운 사람을 이별하고 스스로(혼자) 살아가기 때문이다. 도치법에 의해서 결과를 먼저 말하고, 뒤에서 그 이유를 밝혔다. 차가운 봉당의 잠자리에 한삼을 덮고 눕는 행위는 임과 이별한 슬픔이 지극하여 자학(自虐)에

빠진 것으로 볼 수도 있지만, 죄를 지어서 임으로부터 버림받았다는 죄의식
을 느끼고 자신을 정화하여 속죄하려는 고행으로도 볼 수 있다. 이상(履霜)
이 새벽에 맨발로 서리를 밟고 걸어간다는 뜻인데, 11월노래는 임과 이별한
여인의 처참(悽慘)한 처지와 심정을 표현한 것이다.

2) 복을 비는 세시풍속을 소재로 한 것

주술신앙과 자연신앙에 의하여 계절의 변화에 상응하여 인간의 길흉화복
(吉凶禍福)을 조절하려고 세시풍속을 행하였다. 그리하여 새해를 맞이하여
미래에 대한 불안감과 호기심에서 길흉을 점치거나, 화를 피하고 복을 맞이
하려고 각종 세시풍속을 시행하였다. 기복(祈福)하는 세시풍속을 소재로 한
노래로는 2월노래, 5월노래, 7월노래, 8월노래, 9월노래가 있다.

二月(이월) 보로매	(2월 보름에)
아으 노피 현 燈(등) 불 다호라	(높이 켠 등불답구나)
萬人(만인) 비취실	(만인 비추실)
즈싀샷다	(모습이도다)

2월 보름날에 부처에게 등을 공양하는 연등회가 열렸다. 부처에게 등을
공양하여 그 공덕으로 성불하려는 불교의 연등이 중국에 전래하여 도교의
천신제(天神祭)인 상원연등회(上元燃燈會)와 융합된 것이 우리나라에 수용되
었다가 나중에 부처가 열반한 2월 15일로 날짜가 바뀌었다. 연등회에 참가
한 시적 화자가 등불과 임의 유사성을 높은 곳에서 만인을 비추는 모습에서
찾고 직유법(直喩法)으로 표현하였다. 불교에서는 부처가 지혜와 자비로 중
생을 제도하고, 그러한 불법(佛法)으로 나라를 다스리는 임금을 전륜성왕(轉

輪聖王)이라고 하는 바, 임금을 연등의 등불에 비유한 것은 임금이 전륜성왕과 같은 위대한 인물임을 찬양하는 것이다.

五月(오월) 五日(오일)애	(5월 5일에)
아으 수릿날 아춤 藥(약)은	(수릿날 아침의 약은)
즈믄 힐 長存(장존)ᄒᆞᆯ	(천 년을 장존하실)
藥(약)이라 받줍노이다	(약이라 바칩니다)

5월 5일은 수릿날로 양기가 극성하기 때문에 단오(端午)라 한다. 이 날 쑥을 채취하여 약즙(藥汁)을 만들어 바치면서 천 년을 장수하길 축원한다. 그런데 중국에서는 단오에 양기가 극성하여 가뭄이 들면 농사를 지을 수 없기 때문에 용을 물에서 맞이하여 음양을 조화시키는 놀이로 용선경도(龍船競渡)를 하고, 우리나라에서는 남신과 여신을 결혼시키는 굿을 한다.

七月(칠월) 보로매	(7월 보름에)
아으 百種(백종) 排(배)ᄒᆞ야 두고	(백종을 배열해 두고)
니믈 ᄒᆞᆫ디 녀가져	(임과 함께 살아가고 싶다고)
願(원)을 비ᇟ노이다	(소원을 빕니다)

7월 15일은 백 가지 과일과 채소를 수확하여 조상에게 천신(薦新)하는 날이므로 백종(百種)이라고 한다. 조상에게 임과 함께 살아갈 수 있게 도와 달라고 소원을 빈다. 자손으로서 효행을 행하는 덕을 실천하여 조상의 가호(加護)를 받고, 그래서 임과 함께 해로(偕老)하는 복을 누리기를 기원하는 것이다.

八月(팔월) 보로믠	(8월 보름은)
아으 嘉俳(가배)느리마룬	(한가윗날이지마는)
니믈 뫼셔 녀곤	(임을 모시고 가는)
오늘날 嘉俳(가배)샷다	(오늘날이 한가위이도다)

8월 보름은 가배, 곧 한가위로 절식인 송편을 만들어 차례를 지내고 조상의 묘소를 찾아가서 성묘(省墓)를 하는 날이다. 따라서 임을 동행하여 차례도 지내고 성묘도 가서 조상의 은혜에 보답해야 진정한 한가위라 할 수 있다.

九月(구월) 九日(구일)애	(구월 구일에)
아으 藥(약)이라 먹논 黃花(황화)	(약이라 먹는 황화)
고지 안해 드니	(꽃이 안에 드니)
새셔 가만ᄒ얘라	(새어서 은은하구나)

9월 9일은 양수가 두 번 중첩되기 때문에 중양절(重陽節)이라고 한다. 이 날 양기가 충만한 황국(黃菊)의 꽃잎으로 술을 담가 마시면 무병장수한다고 믿었다. 임의 만수무강을 위해서 임에게 바칠 약주(藥酒)로 중양절에 국화주(菊花酒)를 담갔는데, 국화꽃이 술 안에 들어갔으니 향기가 새어나와서 은은한 맛이 날 것이다.

요컨대 2월노래에서는 연등회에서 공덕(功德)을 쌓기 위해 등을 매달면서 만인에게 덕화(德化)를 베푸는 숭고한 임의 모습을 떠올렸고, 5월노래와 9월노래에서는 양기가 충만하여 약효(藥效)가 뛰어난 쑥즙과 국화주를 임에게 바치면서 무병장수를 축원하였고, 7월노래와 8월노래에서는 절식을 조상에게 바치는 천신과 차례 및 성묘를 실행하면서 조상의 음덕(蔭德)으로 임과 이별하지 않고 함께 살게 해 달라고 기원하였다.

3) 재액(災厄)을 막아내는 세시풍속을 소재로 한 것

인간의 안전과 행복을 위협하는 재난(災難)의 원인을 악귀와 사기(邪氣)로
보고, 세시풍속을 통하여 악귀를 물리치고 사악한 기운을 없앰으로써 재난
을 피하려 하였다. 이러한 세시풍속은 비슷한 행동이 비슷한 결과를 가져오
는 효험이 있다고 믿는 유감주술(類感呪術;sympathetic magic) 신앙에 근거하는
데, 동동에서는 6월노래, 10월노래, 12월노래에 이러한 세시풍속이 반영되
어 있다.

六月(유월) 보로매   (6월 보름에)

아으 별해 ᄇ론 빗 다호라   (벼랑에 버린 빗 같구나)

도라보실 니믈   (돌아보실 임을)

적곰 좃니노이다   (조금 좇아갑니다)

6월 보름을 유두(流頭)라고 한다. 유두는 '동류수두목욕(東流水頭沐浴)'의
준말이다. 동쪽으로 흐르는 물에 머리를 감으면 액을 막을 수 있다고 믿었
다. 방향이 동쪽인 것은 동쪽이 남쪽과 함께 양(陽)의 방향이기 때문이다. 서
쪽과 북쪽은 음의 방향이다. 양기가 충만한 물로 머리를 감아서 재난을 가
져오는 음기를 씻어내는 것이다. 물은 세척력(洗滌力) 때문에 물로만 씻어도
액막이를 하는 유감주술이 성립하는데, 동쪽으로 흐르는 양수(陽水)이므로
주술의 효험은 극대화된다. 단오에 창포물로 머리를 감는 것도 창포의 잎이
칼과 비슷한 모양이어서 악귀가 두려워하기 때문에 주술행위가 된다. 6월
노래는 동쪽으로 흐르는 물에 머리를 감고, 머리를 빗은 빗을 벼랑(낭떠러지)

에 버렸다고 하여 머리감기에 의한 액막이와 빗버리기에 의한 액막이가 이중으로 행해진 사실을 알 수 있다. 머리를 빗은 빗을 버리면 액이 빗과 함께 몸에서 떠난다고 믿는 주술신앙을 확인할 수 있다. 그런데 시적 화자는 이러한 주술행위를 하면서 버려지는 빗에 감정이입을 하여 임으로부터 버림받는 자신과 동일시함으로써 슬픔과 고독감을 느끼게 되었다. 동병상련(同病相憐)의 정을 느낀 것이다. 그렇지만 '돌아보실 임을 조금 따라간다'고 하여 임에 대한 순종적인 태도와 잃어버린 사랑을 회복하고 싶은 희망을 애틋하게 표현하였다.

十月(시월)애   (10월에)
아으 져미연 ᄇᆞᆺ 다호라   (저민 보리수 같구나)
것거 ᄇᆞ리신 後(후)애   (꺾어 버린 후에)
디니실 ᄒᆞᆫ 부니 업스샷다   (지닐 한 분이 없다)

시월은 상달[상월(上月)]이라 한다. 고구려의 동맹과 동예의 무천과 같은 제천의식을 10월에 거행한 것은 10월을 1년이 시작하는 시기로 간주한 때문이었다. 고구려의 동맹에서 동쪽의 동굴에서 세신(歲神)을 맞이하여 물가에 와서 제사를 지냈다고 하는데, 세신은 일년신이고, 신년의례로 일월(日月)맞이굿을 한 사실을 의미한다. 묵은해를 보내고 새해를 맞이하였는데, 이 '해'는 태양과 1년(一年)을 모두 가리킨다. 한 해[연(年)]가 지나가고 다음 해가 오는 것은 해[일(日)]가 죽었다가 재생하는 것이다. 다시 말해서 밤이 가장 길어서 양기가 가장 쇠약해진 동지(冬至)는 태양의 죽음을 의미하고, 동지가 지나고 낮이 점점 길어지면 양기를 다시 회복하여 최고조에 도달한 것이 하지(夏至)인 것이다. 이렇게 보면, 태양이 죽음과 재생을 반복하는 것이다. 하여튼 10월노래는 이런 10월에 보리수의 가지를 꺾어서 버림으로써 액막이를 하던 풍속을 시사한다. 재액을 대신 짊어지고 버려지는 나뭇가지와 임으로부터 버림받은 자신의 처지를 동일시하여 6월노래와 마찬가지로 고독감과 슬픔에 빠진 처량한 신세를 한탄하였다.

十二月(십이월) 분디 남가로 갓곤   (12월 분디나무로 깎은)

아으 나슬 盤(반)잇 져 다호라   (진상하는 소반의 젓가락 같구나)

니믜 알퓌 드러 얼이노니   (임의 앞에 들어 얼이니)

소니 가재다 므르 숩노이다   (손이 가져다 뭅니다.)

분디나무〔산초(山椒)〕로 깎은 젓가락을 임에게 진상하는 소반 위에 짝을 맞추어 올려놓았는데, 임이 아니라 손님이 집어서 입에 물었다는 내용이다. 이것을 임이 아닌 다른 남자와 결혼하는 어긋난 인연으로 해석하기도 하고, '손'을 민간신앙의 손으로 보고 여자에게 재액이 발생한 것으로 보기도 한다. 12월노래는 10월노래와 통사구조와 직유법적 표현이 비슷하다. 따라서 10월노래를 참고하면, '12월 분디나무로 깎은, 진상하는 소반의 젓가락'은 12월의 세시풍속으로 일종의 주술종교적인 의례가 행하여 사실을 가리킨다. 분디나무는 산초(山椒)나무로도 불리는데, 열매는 약재(藥材)로 사용되고, 가지에는 가시가 돋아서 분디나무로 깎은 젓가락은 일상적인 젓가락이 아니라 주술종교적인 의례에서 사용된 젓가락일 개연성이 크다. 곧 귀신에게 바친 고사상(告祀床)에 분디나무로 깎은 젓가락을 올려놓은 것으로 보인다. 따라서 '진상하는 소반'은 귀신에게 바치는 고사상과 임에게 바친 음식상을 가리키는 중의법(重意法)으로 보아야 한다. 소반만이 아니라 '손'도 중의법이다. 손은 빈객(賓客)도 되고, 민간신앙의 귀신도 된다. 손은 존경과 두려움의 양면성을 지닌 귀신으로 날짜와 방향을 바꾸어 이동하는데, 세속의 인간이 신성을 모독하면 재난을 준다. 따라서 인간은 손이 있는 날짜와 손이 있는 방향을 기피해서 활동해야 한다. 그렇지 않으면 화(禍)를 당하기 때문이다. 손은 섬기면 복을 주는 귀신이 아니라 건드리면 해코지를 하는 귀신이다. 적극적인 존숭(尊崇)의 대상이 아니라 소극적인 기휘(忌諱)의 대상인 것이다. 그래서 인간은 손이 없는 날짜와 손이 없는 방향을 가려서 중요한 일을 하여야 한다.

그러나 12월노래의 손은 민간신앙의 손이 아니라 고사상을 차려서 대접하는 점에서 천연두의 신 '손님'으로 보아야겠다. 겨울은 천연두가 유행하는 계절이고, 처용설화의 역신(疫神)이 두신(痘神)인 손님인 사실을 감안하면, 처용의 아내를 역신이 빼앗아 동침한 사실을 떠올리게 된다. 시적 화자(여인)가 임에게 바친 젓가락을 손이 가져다가 입에 문 사실은 여인이 남편이 아닌 딴 남자와 관계를 맺는 것을 의미하므로 처용설화의 삼각관계와 대응된다. 젓가락은 두 개가 짝이 되어 한 쌍을 이루기 때문에 부부관계를 상징하는 바, 고사상의 젓가락이 손님에게 바쳐진 것과 임에게 바친 젓가락을 빈객(賓客)이 사용하는 것이 상통하므로 직유법이 성립되는 것이다. 곧 고사상의 젓가락도 손[역신]이 가져다 입에 물고, 임에게 진상한 음식상의 젓가락도 손[빈객]이 가져다 입에 문 것이 유사하다. 그렇지만, 전자는 신이 제물을 흠향하는 것이지만, 후자는 여인의 어긋난 인연이 된다는 점에서는 상이하다. 그리하여 12월노래는 두신(痘神) 손님에게 오신(娛神) 행위를 하면서 임으로부터 버림받은 신세를 한탄하는 노래가 된다. 이처럼 12월노래는 전반부는 의례적 행위를, 후반부는 현실적 사건을 표현하였는데, 후반부가 원관념이고, 전반부는 보조관념으로 하여 직유법으로 표현하였다. 이러한 직유법은 6월노래와 10월노래에서도 사용되었고, 3월노래는 은유법이 사용되었다. 곧 자연과 세시풍속을 보조관념으로 전반부에서 표현하고, 시적 화자의 처지와 정서를 후반부에서 표현하는 비유적 표현법이 사용되었다. 그리고 정월노래와 4월노래는 전경후정(前景後情)의 표현법에 충실하여 전후반부를 대조시켰고, 5·7·8·9·11월노래는 자연 및 세시풍속의 변화와 이에 따른 인간의 행동과 심리를 융합하여 직서적(直敍的)으로 표현하였다.

3. 동동의 송도가적 성격

동동의 송도가적(頌禱歌的) 성격은 서사에서 임에게 술잔을 봉헌하면서 임의 덕을 칭송하고, 복을 기원하는 의례에서 가창된다고 명시하였다. 임은 남녀관계의 남성이 아니라 군신관계의 임금이다. 그렇지만 서정적 자아 내지 작중 화자는 신하이지만 여성화하였기 때문에 임금의 만수무강을 비는 정치적인 송도가가 여자가 영구불변의 사랑을 맹서하는 애정시가로 표현되었다. 동동을 일반적으로 자연과 세시풍속의 변화에 가탁(假託)해서 임에 대한 감정을 읊은 서정민요라고 평가하지만, 세시풍속의 종류에 대한 견해는 다양하고, 작품 전체에 대한 논의가 통일성 있게 이루어지지 않았다. 이는 세시풍속에 대한 민속학적 이해의 부족과 고려속요를 합성가요로 보는 시각 때문에 불가피하였다. 따라서 세시풍속을 다시 검토하고, 동동을 정제된 완벽한 작품으로 보는 관점에서 13개 연의 내용을 소재의 측면에서 분석한 바, 자연과 계절의 현상을 소재로 한 노래는 정월노래, 3월노래, 4월노래, 11월노래 등이고, 기복(祈福)하는 세시풍속을 소재로 한 노래는 2월노래, 5월노래, 7월노래, 8월노래, 9월노래 등이고, 액막이의 세시풍속을 소재로 한 노래는 6월노래, 10월노래, 12월노래 등인 사실이 밝혀졌다.

자연과 계절의 현상을 소재로 한 노래도 다시 두 가지 유형으로 구분되는 바, 정월노래와 4월노래는 시적 화자가 자연과의 부조화 때문에 위화감을 느끼고 슬픔과 고독감의 정서가 유발되는데, 3월노래와 11월노래는 자연과의 심리적·정서적 일치를 보여준다. 복을 기원하는 노래는 세 가지 유형으로 구분된다. 첫째는 2월노래처럼 위대하고 거룩한 임을 찬미하고, 둘째는 5월노래와 9월노래처럼 계절적인 재료로 만든 약을 바치면서 무병장수를 기원하고, 셋째는 7월노래와 8월노래처럼 조상에게 임과 이별 없이 영원무궁토록 동거하게 해 달라고 기원한다. 그리고 액(厄)막이의 세시풍속을 소재로 한 노래는 두 가지로 구분된다. 6월노래, 10월노래는 속죄양의식이나 유감주술에 의해서 액막이의례에서 재액을 짊어지고 버려지는 사물과 작중화자를 동일시하여 임으로부터 버림받은 외롭고 비참한 심정을 표현하였고, 12월노래는 재액의 원인이 되는 존재를 악귀로서 퇴치하는 것이 아니라 신으로 숭배하여 오신함으로써 신의 보호를 받으려는 종교적 심성을 표현하였다.

이상을 종합하면, 2·3월노래에서는 덕이 있는 임을 찬미하고 칭송하였고, 5·7·8·9월노래는 임의 복을 기원하였고, 1·4·6·10·11·12월노래는 임이 부재하거나 임으로부터 버림받은 나의 고독하고 슬픈 심정을 하소연하였다. 따라서 임을 위한 송도(頌禱)는 절반만 해당하고, 나머지 절반은 처량한 신세타령으로 되어 있다. 임은 우월하고 숭고한 존재이므로 존경심을 품고서 덕을 칭송하고 복을 기원하지만, 시적 화자는 열등하고 박복한 존재이므로 상실감과 피해의식에 사로잡혀 극도의 자기비하(自己卑下)를 보이고, 심지어 자학적인 모습마저 보인다. 임은 최대한 높이고 자신은 최대한 낮추는 이러한 표현방식은 군신의 관계와 남녀의 관계를 수직적인 상하·주종(主從)·우열·존비(尊卑)의 관계로 설정하는 가부장적·유교적 질서에 근거한다.

따라서 동동은 지조를 지키는 충성스런 신하가 임금의 덕을 찬송하고 만수무강을 기원한 노래이면서 동시에 인종(忍從)과 정절의 여인이 임을 향한 영원불변의 사랑과 임이 부재하는 고독과 슬픔을 표현한 노래가 되는 이중성 내지 복합성을 지닌다. 이것이 동동과 정석가가 보여주는 송도가적 특징이고, 숭고미와 비장미의 공존은 이전의 향가나 이후의 시조에서는 보이지 않는 미학적 특징이다. 서경별곡과 만전춘별사에는 숭고미와 비장미만이 아니라 골계미까지 표현되어 있는데, 이러한 미의식의 융합성은 고려속요만의 서정시적 정체성이라 할 수 있다.

제4장

고려 처용가의 희곡적 구성

고려 처용가는 『악학궤범』에 의하면 조선조 성종 때에 궁중의 구나(驅儺) 의식 다음에 연행된 학연화대처용무합설(鶴蓮花臺處容舞合設)에서 오방처용 무를 출 때 여기(女妓)들이 불렀다. 처용가와 처용무는 양식적 원리가 서로 다르지만, 독립적이면서도 유기적이고, 상호의존적이면서 상호보완적인 관계를 지닌다. 따라서 처용가와 처용무를 분리시키지 않고, 처용가무 내지 처용가무극(處容歌舞劇)으로 통합시켜 보는 관점을 취하는 것이 실상과 본질을 파악하는 데 보다 바람직하다.

고려 처용가는 8구체 형식의 짧은 신라 처용가를 계승하여 장가(長歌) 형식으로 발전시킨 것인데, 가사와 내용만 확장한 것이 아니라 연행방식을 바꾸었다. 곧 신라 처용가는 처용이 춤을 추면서 불렀는데, 고려 처용가는 여기가 처용에게 발원하는 형식을 취하여 춤과 노래의 연행자를 분화시켰다. 신라 처용가는 1인칭 노래라면, 고려 처용가는 2인칭 노래가 된다. 이처럼 신의 노래가 신을 향한 노래로 변하였다. 고려 처용가는 '서사―처용의 도상 (圖像)과 신성(神性)―처용의 신앙집단―발원자와 처용의 열병신과의 싸움― 열병신의 패퇴'로 구성되어 있는데, 이를 희곡문학으로 보는 관점에서 살펴본다.

신라의 성대(盛代) 밝은 성대(聖代)

천하태평 나후(羅候)의 덕(德)

처용(處容) 아버지여!

이로써 인간세상에서 서로 다투지 않으면

이로써 인간세상에서 서로 다투지 않으면

삼재팔난(三災八難)이 일시에 소멸하도다.

신라의 태평성대는 49대 헌강왕대를 가리킨다. 그리고 그러한 천하태평은 나후(羅候)의 덕택인데, 나후는 처용이다. 이처럼 처용과 나후를 동일시하였는데, 이것은 첫째로는 처용이 동해용신이므로 구름과 안개를 일으켜 해를 가리는 권능을 발휘하였기 때문에 불교의 일식신(日蝕神) 나후(羅睺)를 복합시킨 것이고, 둘째로는 처용이 싸움굿의 원리에 의해서만이 아니라 화해굿의 원리에 의해 역신을 퇴치하기 때문에 인욕(忍辱)에 특장(特長)을 지닌 나후라(羅睺羅)를 복합시킨 것이다. 요컨대 처용은 토착적이고 무교적인 용신을 불교적으로 변용시킨 것이다. 곧 무교와 불교를 융합하여 복합적인 신격으로 발전시킨 신이다.

"처용 아버지여(압+아)"라고 부권의식과 남성문화를 상징하고 대변하는 부신(父神) 처용의 명호(名號)를 부르는 것은 처용을 굿판에 청배(請拜)하는 부름이다. 또 '이로써 인간세상에서 서로 다투지 않으면 삼재팔난이 한꺼번에 소멸한다'는 신라 헌강왕 때 역신이 처용의 아내를 범하였으나 역신이 처용과 화해하고 경계선을 정하고 물러남으로써 평화협정에 의하여 천하가 태평해진 사실을 가리키므로 역신 퇴치가 처용의 근본이요, 직능 수행의 시원임을 적시한 것이다. 처용은 용신이지만 농경과 어로를 관장하는 생산신이 아니라 역신을 퇴치하여 벽사진경(辟邪進慶)을 이룩하는 나신(儺神)으로 인식되었다. 단군신화에서는 환인은 조화(造化)의 신이고, 환웅은 교화(敎化)의 신이고, 단군은 치화(治化)의 신으로 구분하였다. 삼신(三神)체계가 창조의 신, 교화의 신, 통치의 신인 것이다. 인도의 힌두교에서는 창조의 신(브라만), 유지의 신(비슈누), 파괴의 신(시바)의 삼신체계인데, 현재의 무교에서는 무신(巫神)을 재수를 주는 신, 우환을 없애주는 신, 저승길을 인도하는 신으로 삼분한다.

처용가의 서사는 처용의 출현 시기와 속성 및 직능을 밝히고, 다시 출현하라고 부르는 대목이다. 그리고 굿에서 무녀가 '신의 직능과 제의의 정당성을 명확히 근거를 댐으로써 신으로 하여금 기구(祈求)사항을 아니 들어줄 수 없게 하는 방법'으로 본풀이를 가창하는 행위에 해당하면서 굿판에 청신(請神)하는 기능을 수행한다. 이러한 청신에 의하여 마침내 처용신이 굿판(춤판)에 출현하는데, 다음과 같은 형상의 인태신(人態神)으로 현신한다. 물론 광대가 빙의(憑依) 원리가 아니라 동일화의 원리에 의하여 탈을 쓰고 복색을 입고서 처용으로 분장한다.

> 어와 아버지의 모습이여! 처용아버지의 모습이여!
> 만두삽화(滿頭揷花) 못 이기어 기운 머리에
> 아으 수명장원(壽命長遠)하여 넓은 이마에
> 산상(山象) 비슷하게 무성한 눈썹에
> 애인상견(愛人相見)하여 온전한 눈에
> 풍입영정(風入盈庭)하여 우그러진 귀에
> 홍도화(紅桃花)같이 붉은 뺨에
> 오향(五香) 맡아서 우묵한 코에
> 아으 천금(千金) 먹어서 넓은 입에

백옥유리(白玉琉璃)같이 하얀 이빨에

인찬복성(人讚福盛)하여 내민 턱에

칠보(七寶) 못 이기어 숙인 어깨에

길경(吉慶) 못 이기어 늘어진 소맷길에

지혜 모아서 크신 가슴에

복지구족(福智俱足)하여 부른 배에

홍정(紅鞓) 못 이기어 굽은 허리에

동락태평(同樂大平)하여 긴 정강이에

아으 계면(界面) 돌아서 넓은 발에

『악학궤범』의 처용탈

처용의 '즛', 곧 외모를 묘사하고 있다. 그런데 '즛'이 정태적 모습이라면, '짓'은 동태적 모습이다. 인간이 신으로 인격전환을 일으키는 데는 신에 빙의(憑依)되어 신의 행동을 하는 방법과 신으로 분장하든가 신이라 자칭하여 신의 행동을 하는 방법이 있는데, 처용은 무용수가 탈을 쓰고 복식을 갖추어 처용이 되므로 후자에 해당한다. 여기(女妓)는 처용의 외모를 머리에서부터 발까지 묘사하여 찬미하고, 처용의 속성, 이를테면 수명장원(壽命長遠)·복성(福盛)·유덕(有德)·복지구족(福智俱足)·동락태평(同樂大平) 등을 드러내 밝힘으로써, 처용이 위대한 인격신임을 부각시키고, 인간들의 숭배심과 신앙심을 유발한다. 그런데 처용의 외모를 묘사하는 이 대목은 무속의 측면에서 보면, 동해안 별신굿의 세존굿에서 세존이 된 무녀가 상좌를 불러 상좌의 눈·코·입·귀·손·연장[남근(男根)] 등을 말로 섬기는 사실, 양주소놀이굿에서 마부가 소의 머리·뿔·귀·눈·입·이·혀·꼬리·다리·굽·모색·굴레를 치레하는 사실, 손님배송굿에서 막동이가 손님을 태우고 갈 말의 치레를 하는 사실과 관련지으면, 불가시적인 신성한 존재를 가시적인 존재로 현신시킬 때의 시각화 작업에 해당한다. 일종의 우상화(偶像化)인데, 외적 형태를 통하여 내적 속성을 표현하는 조형화인 것이다.

한편 처용의 치레는 "계면조에 맞추어 돌아서는 넓은 발에"에 이르러서는 외모(줏)치레에서 행동(짓)치레로 전환된다. 계면(界面)은 무당의 당골구역을 가리키므로 무당인 처용이 계면을 돌아다녀 발이 넓어졌다는 뜻이라고 해석하는 견해가 있으나, 동해안 세존굿의 중놀이에서 무녀가 상좌치레를 한 다음 상좌에게 고깔을 씌우고 활옷(승복을 상징한다)을 입히고서 상좌와 맞춤을 추고, 하회별신굿의 각시광대놀이에서도 서낭신을 강신시킨 뒤에 각시의 탈을 쓰고서 무동춤을 추는 사실 등으로 보아, 처용의 경우에도 분장한 처용의 외모치레에 이어서 춤추는 처용의 행동치레를 한다고 보는 것이 온당할 것 같다. 계면조는 거칠고 웅장한 우조(羽調)와 대조적으로 맑고 슬픈 곡조이므로 아내를 역신에게 빼앗긴 처용의 비장한 면모를 엿볼 수 있다. 굿에서는 신이 내리면, 춤을 추고, 노래를 부르고, 걸립을 하고, 지신밟기를 하고, 공수[신탁(神託)]를 주고, 점을 치고, 직능을 수행하는데, 이것은 신이 인간세상에 현신하여 신정(神政)을 펴는 것이고, 이를 단위굿의 명칭으로 신유(神遊)의식이라고 부른다. 신유는 궁궐 내정으로 제의의 공간이 한정된 정지 형태의 처용가무도 있지만, 확대된 제의의 공간에서 길놀이를 하고, 집집마다 돌아다니며 걸립하면서 벽사진경(辟邪進慶)의 춤을 출 수도 있다. 처용탈춤도 판놀음 형태와 행렬놀이 형태 두 가지가 모두 가능한 것이다. 물론 고려 처용가는 판놀음 형태의 처용탈춤에서 불려졌다.

누가 만들어 세웠는가? 누가 만들어 세웠는가?
바늘도 실도 없이 바늘도 실도 없이
처용(處容)아버지를 누가 만들어 세웠는가?

많고 많은 사람들이여!

십이제국(十二諸國)이 다 모여 만들어 세운

아으 처용(處容)아버지를 많고 많은 사람들이여!

　바늘도 실도 없이 처용을 만들었다 함은 천의무봉(天衣無縫)이라는 말이 있듯이 처용이 신격임을 뜻하고, 십이제국의 십이는 방위개념인 십이지방(十二支方)일진대, 십이제국은 '온 세상' 또는 '온 세상 사람들'을 가리키므로, 십이제국이 모여 바늘도 실도 없이 처용을 만들었다 함은 처용이 온 세상 사람들의 섬김을 받는 신이란 말이다. 무당굿에서는 신이 내린 무녀가 구경꾼으로부터 시주를 받는 것이 원칙인데, 하회별신굿에서도 서낭각시의 탈을 쓴 각시광대가 무동춤을 추다가 구경꾼으로부터 걸립을 하며, 걸립에서 생긴 돈은 별신굿의 비용으로 충당하였다. 또 각시탈은 하회마을에 거주했던 허도령이나 안도령이 제작했다는 전설이 전해지고, 각시광대가 입는 저고리와 치마는 마을사람이 헌납한 옷가지 중에서 골라 입은 점에서 영적 존재인 서낭신을 가시적 존재인 각시로 현신시킨 것은 일차적으로는 서낭신의 신앙집단이요 각시광대놀이의 전승집단인 하회마을 사람들이고, 이차적으로 이웃마을에서 서낭신과 별신놀이의 영험을 믿어 구경 온 사람들로 확대되는 것이다. 그리하여 서낭각시가 하강하여 노는 곳은 신성한 공간이 되고, 세계의 중심이 된다. 이와 같은 사실에서 유추할 때, 처용탈굿의 제작자는 곧 처용의 신앙집단이요, 처용탈굿의 전승집단이고, 처용이 현신한 곳은 신성한 장소이면서 세계의 중심이 되며, 그곳에서 처용이 삼재팔난을 소멸시키는 직능을 수행하는 것이다.

　그리하여 처용가는 세계의 중심에서 처용이 역신에게 아내를 빼앗겼다가 다시 되찾는 대목으로 넘어간다.

버찌야! 오얏아! 푸른 오얏아!(환기법)

빨리 나와서 내 신코를 매어라.(명령법)

아니 매면,(가정법)

내리겠노라 험한 말을(서술법)

주가(呪歌) 내지 주사(呪詞)의 시원이라 할 수 있는 구지가의 어법적 구성
원리는 '환기법-명령법-가정법-서술법'인데, 처용가에서 윗부분이 바로
구지가와 동일한 어법 구성으로 되어 있다. 버찌나 오얏이나 푸른 오얏은 열
병에 걸렸을 때의 종기의 색깔이 붉고 노랗고 푸르기 때문에 환유법적으로
열병신을 가리킨다. 열병신들을 불러 항복하는 뜻으로 신코를 매라고 명령
하는 것이다. 그리고 만일 거역하면 악담과 저주의 말을 하겠다고 으름장을
놓는다. 신라 처용가를 차용하여 열병신이 처용과 대결상황에 들어가면 꼼
짝없이 죽은 목숨이라는 사실을 환기시키는 것이다.

서라벌 밝은 달밤에

날이 새도록 놀다가

들어와서 내 잠자리를 보니

가랑이가 넷이로구나.

둘은 내 것인데

둘은 누구 것인가?

이런 적에 처용아버지 보시면

열병신이야 횟감이로다.

'서라벌 밝은 달밤에……횟감이로다'가 '험한 말(머즌 말)'에 해당하는데,

신라 처용가가 뒷부분 7·8구는 탈락된 채 앞부분 6구까지만 계승되었다. '서라벌……누구 것인가'는 열병신이 처용의 아내와 동침하여 삼각관계가 성립된 상황을 설정하는 데 이용되었다. 그리고 그와 같은 상황을 만들면 열병신은 처용이 횟감으로 잡아먹는다고 하여 처용이 무시무시한 위력을 지닌 공포의 신으로 표현되었다. 그렇지만 처용의 아내와 역신이 동침하고 있는 상황은 이미 처용이 목격한 상태이므로 "이런 적에 처용아버지 보시면"은 모순된 표현이 된다. 따라서 '나'는 처용이면서 동시에 열병신에게 아내를 빼앗긴 사람이면 누구나 대입이 가능해진다. 그리고 처용은 역신에게 아내를 빼앗긴 당사자에서 역신에게 아내를 빼앗긴 인간의 청원을 받아들여 역신을 물리치는 구원자로 객체화된다. 신라 처용가는 처용 자신의 노래이므로 '본디 내 것인데 빼앗은 것을 어찌할꼬?' 라고 아내를 범한 열병신에게 어떻게 대응할지를 고민하지만, 고려 처용가에서는 환자가 처용과 동일한 처지에 빠졌기 때문에 위력이 있는 처용을 끌어다가 열병신을 협박 공갈하는 것이다. 이처럼 주술의 효력을 극대화시키기 위해서 주술이 발생한 시원을 재연함으로써 현재의 상황과 근원적 상황을 중첩시켰다. 처용이 자기가 문제적 상황 속에서 고통을 받았기 때문에 그와 동일한 문제적 상황 속에서 고통 받는 인간을 동정하게 되고, 자기가 문제를 해결할 능력을 지녔기 때문에 인간의 문제를 자기의 문제로 받아들여 해결해 준다고 볼 때, 우리는 자비와 연민을 지닌 처용에게서, 내림굿을 통해 자아가 파괴된 상태인 정신신체증상 증후군(psycho-somatic syndrome)을 치료하고 성숙한 인격으로 거듭 태어나서 다른 사람들의 마음의 불행과 육체의 고통을 치유해주는 무당의 시조와 같은 인상을 받는다.

처용은 인간에게는 덕과 자비를 베풀지만, 사악한 열병신은 육회(肉膾)로 먹을 수 있는 위력과 마력을 지닌 신이므로 인간은 열병신을 굴복시키기 위해 주가의 어법에 맞추어 처용을 끌어들여 협박을 하고서 처용에게는 다음과 같이 청원한다.

천금(千金)을 주시렵니까? 처용아버지!
칠보(七寶)를 주시렵니까? 처용아버지!
천금 칠보도 말고
열병신(熱病神)을 나에게 잡아 주소서.

발원자가 처용에게 천금과 칠보를 주겠느냐고 묻고, 자기가 바라는 것은 천금과 칠보가 아니라 열병신이므로 열병신을 잡아서 달라고 요구한다. 이처럼 처용의 숭배집단은 처용을 재복(財福)을 주는 신으로서가 아니라 질병을 퇴치하는 신으로 간주한다. 마침내 인간이 처용에게 열병신을 잡아 달라고 발원하므로 위기의식을 느낀 열병신이 처용에게 붙잡히기 전에 도망을 친다.

산이여 들이여 천 리 밖에
처용아버지를 피해서 가고 싶다.
아으 열병대신(熱病大神)의 발원이도다.

이 대목은 역신의 항복과 도주로 보는 것이 일반적이다. 그러나 그와 같은 해석만으로는 사태의 본질을 온전하게 파악할 수 없다. '산과 들녘 천 리 바깥으로 처용을 피해서 도망가겠다'는 말은 처용과 역신의 경계를 나누어 다시는 처용의 영역을 침범하지 않겠다는 역신의 제안을 처용이 수락함으로써 처용과 역신 사이에 타협과 화해와 공존이 이루어지는 것을 뜻한다고 보

오방처용무는 오방색-청색(동)·적색(남)·백색(서)·흑색(북)·황색(중앙)-의 옷을 입은 다섯 처용이 춘다. 오방무는 왕이 중앙에서 사방세계를 다스리는 것을 상징한다

는 것이 싸움의 원리보다는 화해의 원리를 강조하는 무속의 실상에 들어맞는다. 상극(相剋)이 아니라 상생(相生)에서 해결책을 찾는 것이다.

이상에서 살펴본 바와 같이 고려 처용가는 탈판에 처용을 출현시키기 위해 처용을 청신하고, 출현한 처용의 외모와 춤사위를 치레하며 찬미하고, 신앙집단의 광포성(廣布性)을 들어 처용의 위대성을 거듭 찬미한 다음에 그 신앙집단이 역신과 싸워 퇴치하고자 처용의 도움을 청원하면, 역신이 처용과 화해하고 물러가는 식으로 내용이 전개된다. 그런데 이러한 전개방식은 '청신-신유-싸움굿-화해굿-전송굿'의 순서로 진행되는 굿의 구조에 대응된다. 이처럼 고려 처용가는 굿의 구조를 구성원리로 하여 창작되었다.

| 제5장 |

쌍화점의 성문학와 세시풍속

1. 쌍화점에 대한 선입관 버리기

고려 속요 쌍화점은 조선시대 유학자들에 의하여 남녀상열지사(男女相悅之詞)이기 때문에 노랫말이 심히 음란하다고 평가되었다. 그러나 쌍화점을 외설적인 노래로만 보는 선입관을 가지면 쌍화점의 문학성과 사회성을 놓치게 된다. 다시 말해서 쌍화점은 형식적으로 짜임새 있게 정제된 에로티시즘의 찬가이면서 동시에 그 당시의 왜곡된 성문화와 세시풍속을 반영하고 있는 양면성을 지닌다. 『악장가사』의 가사를 현대어로 옮겨본다.

> 쌍화점(雙花店)에 쌍화를 사러 갔는데,
> 회회인(回回人)이 내 손목을 쥐었습니다.
> 이 말이 이 점방(店房) 밖에 나고 들면
> 조그만 새끼광대 네 말이라 하리라.
> 그 자리에 나도 자러 가리라.
> 위위 그 잔 데 같이 덥고 거친 이가 없다.

> 삼장사(三藏寺)에 불을 켜러 갔는데,

그 절의 사주(社主)가 내 손목을 쥐었습니다.

이 말이 이 절 밖에 나고 들면

조그만 새끼상좌 네 말이라 하리라.

그 자리에 나도 자러 가리라.

위위 그 잔 데 같이 덥고 거친 이가 없다.

두레우물에 물을 길러 갔는데,

우물의 용(龍)이 내 손목을 쥐었습니다.

이 말이 우물 밖에 나고 들면,

조그만 두레박아 네 말이라 하리라.

그 자리에 나도 자러 가리라.

위위 그 잔 데 같이 덥고 거친 이가 없다.

술 파는 집에 술을 사러 갔는데,

그 지아비가 내 손목을 쥐었습니다.

이 말이 이 집 밖에 나고 들면

조그만 시궁박아 네 말이라 하리라.

그 자리에 나도 자러 가리라.

위위 그 잔 데 같이 덥고 거친 이가 없다.

2. 쌍화점에 나타난 성문화

네 개의 연은 대화의 형식으로 되어 있으면서 공식적인 표현이 반복되고 있다.

    ㈎ A에 B하러 갔는데

      C가 내 손목을 쥐었습니다.

      이 말이 A 밖에 나고 들면

      조그만 D 네 말이라 하리라.

    ㈏ 그 자리에 나도 자러 가리라.

    ㈐ 위위 그 잔 데 같이 덥고 거친 이가 없다.

  먼저 남자에게 손목을 잡힌 여자가 목격자에게 입단속을 당부하지만, 소문은 퍼져서 두 번째 여자가 잠을 자러 가겠다고 나서고, 잠을 잔 여자들이 이구동성으로 최고로 화끈한 남자라고 평가한다. 쌍화점에는 네 종류의 남성이 성적 지배자로 등장한다. 먼저 쌍화점의 회회아버지는 몽골점령군의 외인부대에 속하는 회족(回族) 남성으로 보인다. 몽골은 점령지의 종족으로 군대를 조직하여 다른 종족을 점령하는 식으로 영토를 넓혀 유라시아에 걸친 대제국을 건설하였던 것이다. 회족 남성이 쌍화점을 경영한 사실은 몽골이 고려를 군사적으로만이 아니라 경제적으로도 지배한 사실을 알려준다. 삼장(三藏)은 석가모니가 한 설법을 모은 경장(經藏), 교단이 지켜야 할 계율을 모은 율장(律藏), 교리에 관해 뒤에 제자들이 연구한 주석 논문을 모은 논장(論藏)을 모두 가리키므로 삼장사는 세 종류의 불경을 보관하고 있는 절, 또는 삼장에 통달한 승려가 주석(駐錫)하고 있는 절을 가리키므로 삼장사의 주지승은 불교계를 대표하는 고승이다. 우물의 용은 구중궁궐의 왕을 상징하고, 왕은 정치적 지배세력을 대변한다. 그리고 술집지아비는 소상인(小商人)으로 서민층을 대변한다.

쌍화점의 주인 회회아버지는 쌍화를 파는 것이, 삼장사의 주지승은 부처님에게 연등(燃燈)을 공양하는 여신도가 불법을 깨닫게 하는 것이, 우물의 용은 맑고 깨끗한 물이 나오게 하는 것이, 술집의 지아비는 술을 파는 것이 본연의 임무이다. 그러나 모두 본연의 임무 수행을 기대하고 찾아온 여자들을 유혹하여 성적 욕망을 충족시키는 일탈행위를 저질렀기 때문에 새끼광대·새끼상좌·두레박·시궁박과 같은 사회적 약자인 내부 고발인들이 세상 여자들을 경각시키기 위해서 이러한 사실을 폭로한다. 그렇지만 여자들은 오히려 호기심과 질투심을 느끼고 성적 쾌락을 추구하는 풍조에 경쟁적으로 합류한다. 다시 말해서 각계각층에서 지배적 위치에 있는 남성이 여성을 성적으로 소유하고 지배하는 사실을 피지배층에 속하는 남성이 반골정신을 발휘하여 폭로하지만, 여성들은 저항하기보다는 오히려 폭력적인 성문화에 동화되고 중독되어 성적·윤리적 금기에서 완전히 해방되는 반란의 길을 선택하는 것이다. 그리하여 쌍화점은 금욕적 도덕주의와 자유분방한 쾌락주의가 대립되어 긴장감을 유발하지만, 사회적 규범과 윤리적 관습이 파괴된 일종의 카니발과 같은 축제 분위기로 종결시킨다. 그런데 이러한 일탈성과 축제성은 쌍화점이 충렬왕(1274~1308) 때 궁중의 연악(宴樂)에서 가창된 데 기인한다고 볼 수 있다. 이에 대해서 『고려사』의 「악지」에 다음과 같이 기록되어 있다.

삼장(쌍화점의 별칭)과 사룡(蛇龍) 두 노래는 충렬왕 때 지어졌다. 왕이 소인배들과 어울려 연악을 좋아하였기 때문에 총신(寵臣) 오잠·김원상과 내료(內僚) 석천보·석천경 무리가 교언영색(巧言令色)으로 아첨을 하기에 힘써서 관현방의 악사와 재인광대가 부족할 지경이었다. 그리하여 행신을 여러 도에 파견하여 관아에 딸린 기녀 가운데 미모가 빼어나고 기예가 뛰어난 자와 개성

안의 관아노비와 무녀(巫女) 가운데 춤과 노래에 능숙한 자들을 선발하여 궁중에 머물게 하였다. 그들에게 비단옷을 입히고 말총갓을 쓰게 하여 별도의 공연단을 만들어 남장(男粧)이라 부르고 삼장과 사룡을 가르치어 소인배들과 어울려 밤낮으로 가무를 질탕하게 즐겼다.

이러한 기록은 고려를 멸망시킨 조선의 사대부들에 의한 것이므로 조선의 창업을 정당화하기 위해서 고려의 역사를 부정적 시각으로 서술한 측면을 고려할 필요가 있다. 그리고 유교적 윤리관과 가치관에 입각해서 고려의 문화와 예술을 폄하한 사실도 간과해서는 안 된다. 그렇다고 해서 오잠이 충렬왕과 충선왕을 이간하고, 어진 신하를 모함하고, 원나라 황제에게 고려의 국호를 폐하고 직할령으로 할 것을 청하였고, 김원상(?~1339)도 충렬왕을 황음하게 만든 죄로 파직되고 역모에 가담한 악행을 저지른 사실들을 간과할 수는 없다. 다만 표면에 가려진 이면적 진실을 간파하기 위해서는 피상적인 이해와 고정관념을 벗어나야 한다는 말이다.

충렬왕이 왜 연악을 즐겼을까? 『고려사』의 충렬왕에 관한 기록들을 찬찬히 들여다보면 충렬왕이 결코 허랑방탕한 임금이 아니었음을 알 수 있다. 1272년 원에 볼모로 가서 1274년에 원나라 세조(쿠빌라이)의 딸 홀도로계리미실 공주와 결혼하고, 원종(1259~1274)이 승하하자 귀국하여 왕위에 즉위하여 고려의 복식을 원의 복식으로 개량하고, 일본원정에 동맹군으로 참여하고, 조공을 바치는 등 친원정책을 쓰면서도 팔관회와 연등회의 전통을 지키고, 원나라에 고려의 고충을 건의하여 국익을 추구하고, 원나라 공주의 지원을 얻어내는 등 위기관리에 뛰어난 능력을 발휘하였다. 충렬왕의 통치시기는 안으로는 권신들이 정치를 농단하고, 밖으로는 외적이 침입하여 백성들이 권신들의 학정에 시달리고 외적의 창칼에 학살당하던 화란(禍亂)의 시대였다. 그러나 간신배들을 가까이 둔 실정도 있었고, 만년에는 적자인 충선왕을 폐위하고 조카를 후계자로 세우려고 한 실수를 범하였다. 그리하여 조선의 사가(史家)에게서 '아! 처음에 일을 잘하는 사람은 없지 않으나 끝까지 좋은 일을 하는 사람은 아주 드물다고 한 옛말이 충렬왕을 두고 한 말이 아닌가?'라는 총평을 받았다. 그럼에도 불구하고 충렬왕이 놀이와 사냥을 좋아하고 사방에 응방(鷹坊)을 설치하였으며, 궁중의 연회와 사찰에서의 기악(伎樂)을 즐긴 것은 다른 시각에서 바라볼 필요가 있다. 놀이와 사냥은 사교의 수단이었고, 새매를 기르는 응방의 설치는 원나라에 새매를 조공으로 바쳐야 하는 수요 때문이었다. 그리고 궁중의 연회도 원의 부마국으로 전락한 고려의 왕으로서 권위와 정통성을 확보하기 위해서 연회의 축제성과 통합기능을 활용한 것이다. 그리고 연등회에서 기악을 관람한 것도 불교국가의 왕으로서 국태민안을 기원하기 위해서 국가제전으로 불교축제 연등회를 거행한 것이다. 이것을 유학을 숭상하는 조선시대 역사가들이 비판적으로 서술한 것이다.

　충렬왕은 원나라 공주와 정략적인 결혼을 하였기 때문에 가부장의 권위가 훼손되었다. 다시 말해서 왕과 왕후의 관계가 '가부장–아내' 내지 '왕–신하'의 관계가 아니라 '신하나라의 왕–황제나라의 공주' 내지 '피지배–지배'의 전도된 관계이므로 가부장적인 남성적 자존심과 우월의식이 근본적으로 훼손된 것이다. 그리하여 충렬왕의 성적 자존심 회복이 기녀와 무녀를 남장시키는 것으로 일종의 성도착 증세를 일으켰다는 해석이 가능하다. 남장한 여자가 여자이면서 남자라는 이중성을 지니듯이 충렬왕은 왕후와의 관계에서 생물학적으로는 지배해야 하는 남자이지만 심리적으로는 복종해야 하는 여자의 위치와 역할을 강요받았을 것이다. 그리고 이러한 왜곡된 성의식 내지 성문화가 사회병리학적 현상으로 고려사회 전반으로 확산되었던 것이다.

쌍화점은 원나라 공주와의 왜곡된 성관계에서 상처받은 충렬왕이 반발심리에서 남성적 자존심을 치유하는 수단으로 활용하였기 때문에 남성의 폭력적인 성을 미화하고 예찬하는 노래가 되었다. 그리하여 쌍화점은 남성집단이 몽골인, 승려, 왕, 민간인 할 것 없이 폭력적으로 변해가고 여성은 그러한 남성들의 폭력적 성문화에 동화되어 관능적이고 찰나적인 쾌락을 탐닉하게 된 고려 후기 원나라 간섭기의 사회상과 성문화를 반영하고 있다. 그와 아울러 그러한 현실의 모순과 비리에 대한 민중적 비판의식과 지식인의 합리적 사고가 미약하지만 엄연히 존재하였음도 '조그만 새끼광대·새끼상좌·두레박·시궁박'이란 말 속에 표현되었다. 쌍화점은 이러한 사실성과 역사성을 지니는데, 현재 우리 사회에서 전개되는 미투(me too)운동을 보면, 남성 고발자에 의존하지 않고 여성 스스로 성적 모순과 불평등을 자각하고 주체적으로 해결하는 데에는 수백 년의 시간이 경과해야 했음을 알 수 있다.

3. 쌍화점에 나타난 세시풍속

쌍화점에는 지금까지도 전승되고 있는 고려시대의 세시풍속이 반영되어 있다. 쌍화는 상화(霜花)와 같은 말로 만두(饅頭)를 가리킨다. 쌍화점은 만두를 파는 가게인 것이다. 만두는 밀가루를 반죽하여 껍질을 만들고 속을 넣어 반달, 꽃송이, 사람머리 모양으로 빚어서 찌거나 삶아 만든다. 만두의 기원 설화는 중국 삼국시대에 제갈량이 남만(南蠻)을 정벌하고 돌아올 때 풍랑이 심하므로 인간을 희생으로 바치는 대신 양고기를 면(麵)으로 싸서 만족(蠻族)의 머리 모양을 만들어 수신(水神)에게 제사를 지낸 데서 유래하였으며,

만두(饅頭)는 그때 만든 만두(蠻頭)의 와음이라는 설이다. 민간어원설이지만 만두가 중국 남방의 음식문화에서 비롯된 사실을 시사한다. 만두가 언제 우리나라에 전해졌는지는 불분명하다. 그러나 조선시대에 정초의 절식(節食)이었으며, 『동국세시기』에는 6월 보름 유두(流頭)날에 만두를 먹었다고 기록되어 있다. 유두는 동쪽으로 흐르는 물에 머리를 감으면 액땜을 할 수 있다는 풍속에 근거한 말이다. 따라서 유두날 만두를 먹은 행위를 액땜과 관련시켜 이해해야겠다. 쌍화점의 첫째 연도 마찬가지로 액막이신앙에 근거해서 세시풍속으로 만두를 먹은 사실을 반영하고 있다. 그렇지만 여성이 액막이를 위해서 쌍화(만두)를 사러 갔는데, 그곳에서 성적으로 능욕을 당하였으니, 벽사(辟邪)의 주술행위가 결과적으로 횡액을 초래한 셈이니, 모순과 역리(逆理)의 극치가 아닐 수 없다.

두 번째 삼장사의 노래는 연등회에서 부처님의 덕을 찬양하기 위해서 등불을 공양하는 풍속을 소재로 하고 있다. 『고려사』에 의하면 연등회는 부처님이 열반한 2월 15일에 거행하다가 충렬왕 4년(1278)에 정월 대보름행사로 바꾸었다. 이것이 조선시대에 와서 국가제전으로서의 연등회는 폐지되고 석가모니 탄신일인 4월 초파일로 바뀐 것이다. 자비심을 온 누리의 중생에게 베푼 부처님의 가르침을 실천하기 위해서 등불을 밝혀 공덕을 쌓으려고 삼장사에 갔는데, 위선적인 주지승의 성적 욕망 때문에 번뇌의 근원인 욕망의 늪에 빠졌으니, 기복(祈福)의 행위가 오히려 불운과 횡액을 초래하는 모순이 발생하였다.

두레박우물의 노래는 정월의 설날이나 대보름날이나 첫 번째 진일(辰日: 용의 날)에 첫닭이 울 때 우물에 가서 물을 길어오던 풍속과 관련이 있다. 정월 14일 밤에 하늘에서 용이 내려와 우물에 알을 낳는데, 그 용의 알을 떠오면 그 해에 운수대통하고 농사가 풍년이 든다고 믿었다. 그래서 마을 부녀자들이 맨 먼저 정화수를 떠오려고 첫새벽에 일어났다. 그러나 복을 빌기 위해 부지런을 떨었지만, 우물에서 어이없는 횡액을 당하였으니, 이 또한 모순에 찬 현실이 아닐 수 없다.

마지막 술집의 노래는 정월 대보름날 아침에 마시는 귀밝이술과 관련이 있다. 불에 데우지 않고 찬술을 마시면 정신이 맑아지고 귓병이 생기지 않고 귀가 더 밝아진다고 믿었다. 또 한 해 동안 기쁜 소식을 듣게 된다고 믿어서 술을 마시지 못하는 사람도 이 날만큼은 조금이나마 마셨다. 이러한 귀밝이 술에 관한 기록이 『경도잡지』, 『열양세시기』, 『동국세시기』와 같은 민속지 (民俗誌)에 나타난다.

세시풍속은 계절적 통과의례로 재액을 막고 복을 비는 것이 대부분이었 다. 만두를 먹고 술을 마셔 재액을 예방하고, 등불을 밝히고 용알을 떠서 복 을 기원하려 하였으나, 그러한 여성들의 소박하고 간절한 꿈이 남성들의 성 폭행 앞에서 여지없이 좌초되고, 마침내 성적 노예로 전락하기에 이른 것이 다. 고려 후기는 왕이 원나라 공주와 정략결혼을 해야만 하였기 때문에 상처 받은 남성성을 치유하기 위해서 가학적 음란증세를 보였고, 여성은 남장을 강요당하였기 때문에 무시당한 여성성을 회복하기 위해서 피학적 음란증세 를 보였던 시대였으므로 종교주술적인 세시풍속의 본질마저 왜곡될 수밖에 없었다. 쌍화점은 세시풍속을 소재로 한 점에서는 동동(動動)과 같은 유형에 속한다. 그렇지만 동동은 세시풍속과 계절의 변화에 가탁(假託)해서 임에 대 한 감정을 읊은 서정민요인데, 쌍화점은 세시풍속의 본질이 왜곡되는 현실 의 모순을 고발하고, 남성의 폭력문화가 여성을 황음(荒淫)에 빠지게 만든 성적 무질서와 혼돈(混沌)의 사회를 풍자한 점에서 차이점을 보이고, 바로 이런 점에서 쌍화점이 문학사적 가치만이 아니라 정치사회사적 의미도 높 이 평가된다.

제6장

고전시가 속의 매와 매사냥

1. 매와 매사냥

　조류 중에서 포식자인 맹금류는 매목(目)과 올빼미목으로 양분되는데, 올빼미목은 야행성이고, 매목은 주행성이다. 매목은 맷과〔골속(鶻屬)〕와 수릿과〔응속(鷹屬)〕로 구분되는데, 맷과에는 매, 바다매, 북극매(백송골), 쇠황조롱이, 황조롱이, 세이커매(핸다손매), 초원매 등이 있고, 수릿과에는 참매, 새매, 뿔매, 검독수리, 헤리스매, 붉은 꼬리매, 쿠퍼매 등이 있다. 맷과는 다리가 푸르고 눈이 검으며, 수릿과는 눈과 다리가 모두 누르다. 그렇지만 일반적으로 맷과와 수릿과를 통칭하여 '매'라고 부른다. 매를 길들여 사냥할 때는 맷과는 날개폭이 좁고 길이가 길어서 비행 속도가 빠르고 수직 상승과 급강하가 주특기이므로 꿩, 토끼, 기러기 따위의 큰 짐승을 잡고, 수릿과는 날개폭이 넓고 길이가 짧아서 순발력이 우수하기 때문에 메추라기와 참새 따위의 작은 새를 사냥하는 데 사용하였다.

　매사냥의 발원지에 대해서는 중앙아시아에서 시작되어 아시리아, 페르시아, 이집트를 거쳐 유럽으로 퍼져 나갔고, 동으로는 중국을 거쳐 한국에 전해졌다고 보는 것이 학계의 통설이다. 『삼국사기(三國史記)』와 『삼국유사(三國遺事)』의 기록 및 안악 1호 고분을 비롯한 고구려의 고분벽화를 통하여 삼국 시대에 이미 매사냥이 유행하였음을 알 수 있는데, 고려 시대에는 응방도 감(鷹坊都監)을 설치하였으며, 응방 제도는 조선 시대에도 계속되었다. 그러나 매사냥의 폐단이 심각하여 항상 응방의 존폐가 논란거리가 되었다. 그렇지만 중국(원, 명)에 대한 조공(朝貢) 문제로 응방은 부침(浮沈)의 역사를 되풀이하였고, 매의 용맹성과 영웅 독립의 이미지 때문에 매사냥의 전통은 계속되어 1930년 총독부의 허가 관리 대장에 무려 1,740명의 매사냥꾼이 등재되기도 하였다. 매사냥은 총사냥으로 사냥법이 바뀌면서 쇠락의 길을 걸었지만, 지금도 세계적으로 많은 지역에서 전승되고 있어서 2010년에 아랍에미리트, 한국, 몽골, 프랑스, 스페인 등 동서양 11개국이 공동으로 신청하여 유네스코 인류 무형 유산으로 등재되었다. 국내에서는 현재 전라북도 무형문화재 제20호와 대전시 무형문화재 제8호로 지정되어 명맥을 유지하고 있는 실정이다. 이처럼 매사냥은 인류 문화의 동서 교류의 대표적 증거물 가운데 하나이면서 사냥 기술과 스포츠로서 전승되었다.

그런데 인간과 매의 관계는 매사냥과 같은 실용적인 동기만이 아니라 이집트의 신 호루스(Horus)나 부적의 삼두응(三頭鷹)처럼 주술·종교적 동기에 의해서도 이루어졌다. 그리고 매와 매사냥이 문학, 그림, 조각, 무용 등과 같은 예술을 통하여 표현되었다. 따라서 자연적 존재인 매가 인간과 관계를 맺으며 문화적 존재로 변용되고, 매사냥법이 사냥 기술로 개발되어 사회문화적 의미를 함축하게 된 현상을 연구할 필요가 있다. 그 동안 매에 대한 동물학적 연구, 매사냥에 대한 민속학적 연구, 스포츠나 사냥술로서의 매사냥에 대한 연구는 국내외적으로 활발하게 이루어진 편이다. 그렇지만 매나 매사냥을 소재로 한 문학작품이 구비문학과 기록문학에 걸쳐 상당수 있음에도 불구하고 문학적인 연구는 저조하였다. 다시 말해서 민속학에서 매사냥을 생산 민속이나 연희 민속으로 접근한 연구가 비교적 활발하게 이루어졌음에도 불구하고 문학적인 연구는 전무하다고 말해도 과언이 아니다. 오직 한시에 국한되어 검토되었을 뿐이다. 따라서 매와 매사냥이 반영된 구비문학(신화, 전설, 민속극, 민요)과 기록문학(한문산문, 한시, 시조)의 작품들을 총망라하여 매와 매사냥이 문학적으로 어떻게 형상화되었는지를 조명한 바 있는데, 여기서는 고전시가에 국한하여 살펴본다.

2. 한시 속의 매와 매사냥

매(Hawk)는 세계적으로 인격화되기 이전에 신격화부터 되었는데, 송골매(Falcon)나 독수리(Eagle)와 마찬가지로 태양신이나 태양신의 사자로 신격화되고, '하늘, 태양, 힘, 왕위, 권위, 영적 원리, 승리' 등을 상징한다. 한국 신화에서도 천신(天神)이 매로 변신한다. 곧 주몽 신화와 김수로 신화에서 해모수와 하백, 김수로와 석탈해의 신통력(神通力) 겨루기에서 천신이 매로 변신하여 싸우는 장면이 묘사되어 있다. 그러나 후대에 내려오면 천신이 아닌 산신 계통의 신도 매로 변신하였다. 한라산 산신의 동생 광양당의 신이 매로 변신하여 바람을 일으켜 침략자의 배를 침몰시켰다는 이야기가 있다.

인성(人性)이 투사된 매는 영웅호걸의 기상을 지닌 매로서 포식자로서의 매의 용맹성을 정치적·군사적 영웅의 기상과 동일시하였는데, 주로 한시에서 발견된다. 먼저 점필재 김종직(1431~1492)의 '승정원에서 매를 내려준 데 대하여 사례하다(承政院應制謝賜鷹)'에 나타난다.

① 오직 이 종산의 새는　　　　　　　　　　　　　惟玆鐘山禽

　　사나운 기운을 서방에서 받았는데　　　　　　　猛氣資金方

풍운조화에 따라 길들여져서	風雲協亭育
발톱과 부리는 아주 단단하고	瓜觜何其剛
두 눈동자는 별빛 구르는 듯하네.	雙眸轉明星
여섯 깃촉 나는 서리를 박차고	六翮博飛霜
푸른 하늘로 떨쳐 오르네.	碧霄可凌厲
아무리 강한 새도 당하지 못하며	百鷲勢莫當
뛰어난 재주 누구도 좋아하네.	奇才世所玩
갑자기 천 길의 산으로 떠나는구나.	忽辭千仞崗
② 사냥꾼은 본디 기교가 많아서	虞人固多巧
끝내 그의 그물에 걸려들고 말았네.	羅網遭遮防
두려움 없이 태연히 묶여서	居然就羈束
마침내 대궐 곁으로 옮겨졌네.	致之金闕傍
은총을 입어 방일한 뜻 거두고	承恩斂逸志
장차 사냥에 힘을 바치려 하였으나	將效羽獵場
임금께서 정치에만 몰두하시고	聖明勤政治
사냥에 빠짐을 삼가 경계하시어	兢兢戒禽荒
정사 이외엔 틈이 없으신 탓에	萬機不自暇
오래 전에 이미 오방을 그만두셨네.	久已罷五坊
이를 시종신에게 내리시니	輟賜侍從臣
매는 슬프고 가슴 아프지만	鷹也爲悽傷
완연히 수호의 태도를 지어	宛作愁胡態
곁눈질하며 힘찬 기세를 떨치네.	側目仍軒昂
③ 생각건대 신은 천박한 재격으로	顧臣薄劣材
일찍부터 조정의 반열에 끼어서	夙箙鵷鷺行

다년간 성상의 보살핌 받으며	多年蒙卵翼
외람되이 일월의 빛을 의지하였네.	叨依日月光
청규의 자리는 깊고 또 엄하거늘	靑規深且嚴
남 따라 부질없이 출입만 하노니	旅進空趨蹌
견마의 노고를 바친 적 없어	愧乏犬馬勞
자하낭을 저버린 것이 부끄러워라	孤負紫荷囊
어찌 구름 날개 펼치길 도모하랴.	何圖決雲翰
④ 와서 은풍과 함께 배회하노니	來與恩風翔
끈 달린 방울은 곱기도 하여라.	條鏃光粲粲
광휘가 백보의 담장을 쏘아 비추네	輝射百步墻
진실로 후려치길 신중히 한다면	苟能謹搏擊
어찌 봉황에 부끄러울 것 있으랴.	何須羞鳳凰
주릴 때 쓰이기만 생각할 뿐이요	但思飢爲用
배불러 날아가는 건 걱정 않노라.	不患飽則颺
굴 셋을 가진 약은 토끼	狡兔營三窟
이제부터 깊이 숨으리라.	此日應深藏
감하의 뜻을 마침내 시로 지어	感荷遂成詩
성상을 위한 보필을 다 하려네.	庶以期贊襄

◎ 김광언 번역

이 시는 야생으로 살던 매가(①) 사냥꾼에게 붙잡히어 사냥매로 길들여졌으나 왕이 매사냥을 멀리하고 점필재에게 하사하므로(②) 점필재가 신하의 직분을 다하지 못한 자신을 반성하면서(③) 매의 위풍당당한 모습과 사냥 본능을 통해서 신명을 바쳐 왕을 보필하기로 맹세하는(④) 식으로 시상이 전개되고 있다. 매서운 눈빛과 날카로운 부리와 발톱, 그리고 튼튼한 날개를 가지고 꼬리에 방울을 매단 채 하늘을 석권하는 매와 땅굴을 세 개나 파고 숨는 교활한 토끼를 대립시키면서 점필재가 매의 기상과 용맹성을 본받아 조정의 간신배를 척결하겠다는 각오와 결의를 다지었다.

특히 '주릴 때 쓰이기만 생각할 뿐이요, 배불러 날아가는 건 걱정 않노라(但思飢爲用不患飽則颺)'라고 하여, 배가 고프면 사냥을 하고 배가 부르면 도망가는 매가 이상적인 선비를 가리키느냐는 의문이 제기된다. 그러나 "대장부가 공성신퇴(功成身退) 후에 임천(林泉)에 집을 짓고"로 시작되는 이정보의 시조가 이에 대한 해답을 제시해 준다. 대장부가 공명(功名)을 이룬 후에 정계를 은퇴하여 강호가도(江湖歌道)를 누린다는 말인데, 왕정을 보좌할 필요가 있으면 출사하여 환로(宦路)의 길을 걷고, 공업(功業)을 이루면 치사(致仕)하고 낙향하여 자연 속에서 유유자적(悠悠自適)하는 것이 조선 시대 선비의 이상적인 삶이었으니, 매의 습성과 선비의 처세술이 일맥상통한다. 이런 이유로 매를 길들일 때는 먹이를 적게 주어 기력을 쇠약하게 만들어도 안 되지만, 먹이를 배부르게 주어 달아나게 해서도 안 되는 법이니, 이러한 매의 사육법이 제왕의 통치술과 장수의 용병술에 적용되기도 하였다.

요컨대 점필재가 매에게서 영웅적 자질을 발견하고 매와 자신을 동일시하였는데, 이러한 표현 기법은 하나의 전통이 되어서 조언유(趙彦儒: 1767~1847)의 '호응(豪鷹)'이라는 한시에서는 매를 보고 정치적 시각에서 이상적인 선비의 모습을 떠올렸다.

갈고리 발톱 무쇠 부리 눈빛은 별빛 같고　　　　　　　　鉤爪鐵嘴目如星
만 리라 바람 구름에 굳센 깃을 가다듬네.　　　　　　　萬里風雲刷勁翎
맑은 직분 상구의 사구씨(司寇氏)였거니　　　　　　　　職命爽鳩司寇氏

교활한 토끼 피비린내 먹을 생각뿐.   心思狡兎啖臊腥

깍지 중에 묶였다가 추호를 언뜻 보고   韝中羈縶秋毫瞥

하늘 위로 솟구치니 눈빛 날개 재빠르다.   天上飄揚雪羽逕

배고프면 곁에 붙고 배부르면 떠나가니   飢則附人飽則去

타고난 매의 성질 뉘 능히 멈추리오.   物之常性孰能停

◎ 정민 번역

상구(爽鳩)는 중국 상고 시대 소호씨(少皞氏) 시절에 사구(司寇) 벼슬을 맡았던 사람의 이름이고, 사구는 형벌을 담당한 관직이었다. 그런데 상구는 매의 별칭이기도 하므로 시인은 교활한 토끼를 사냥하는 매에게서 추상같은 위엄과 명철한 판단력으로 범죄자를 심판하고 응징하는 사법관(司法官)의 모습을 떠올렸다. 파사현정(破邪顯正)하는 영웅적이고 이상적인 선비상을 매를 통하여 말한 것이다.

정약용(丁若鏞: 1762~1836)의 〈최사문의 유렵편에 화답하다(和崔斯文游獵篇)〉라는 시에서는 매의 사냥감이 토끼가 아니라 꿩이다.

매사냥꾼 매를 얹고 높은 곳으로 올라가고   鷹師臂鷹登高崧

몰이꾼은 개 앞세워 숲 속을 뒤지면   佃夫嗾犬行林藪

꿩들은 꿜꿜대며 산굽이로 날아가고   雉飛角角流山曲

표풍처럼 날쌔게 매가 날아 뒤를 쫓지.   鷹來駃駃如飄風

힘 빠진 꿩 혼비백산 숲 속으로 기어들 때   力盡魂飛雉伏莽

덮치기 위한 매가 창공을 맴도는데,   鷹將下擊還騰空

번갯불이 번쩍하는 그 순간을 예측 못해   霹火閃爍不可諦

넋을 잃고 혼자서 빈 산속에 앉았다네.   蒼茫獨坐空山中

아, 참으로 꿩의 죄는 용서하기 어려워서	嗚呼雉罪誠難赦
내리친 매야말로 영웅호걸 진짜라네.	鷹兮搏擊眞豪雄
곡식을 먹으면서 깔끔하단 말을 듣고	啄粒猶竊耽介譽
길쌈도 안 하면서 고운 옷만 입는단 말인가.	鮮衣不勞組織工

◎ 김광언 번역

　꿩은 농민이 농사지은 곡식을 훔쳐 먹으면서도 깔끔하다는 말을 듣고, 길쌈을 직접 안 하면서도 고운 옷만 입으니, 그 죄가 용서받기 어렵다고 하여, 꿩을 호의호식하는 탐관오리에 비유하고 있다. 따라서 그러한 꿩을 낚아채는 매야말로 진정한 영웅호걸이라고 예찬한다. 이처럼 매는 탐관오리를 가차 없이 응징하는, 강력하고 정의감이 넘치는 사정관(司正官)을 상징한다. 정약용이 추구한 이상적인 목민관이니, 다산의 분신이요, 자화상이라 할 수 있다.

　그런가 하면 정범조(丁範祖: 1723~1801)는 〈응자(鷹子)〉라는 시에서 매의 사냥감으로 올빼미와 여우를 등장시켰다.

새끼 매 크기가 조막만한데	鷹子小如拳
푸른 숲 나무 끝에 푸득이다가	拍拍靑林末
잘못 날아 제 둥지를 잃어버리고	誤飛失其巢
오른 날개 반쪽이 꺾였구나.	右翅半摧折
관아 꼬마 잡아서 돌아왔는데	衙童獲之歸
난댔자 섬돌조차 넘질 못하네.	翔不軒墀越
그래도 맹금의 새끼인지라	此是鷙鳥産
신령스런 기상이 자못 거세다.	神氣頗劃烈

두 깃촉 칼끝처럼 가지런하고	雙翮侔劍利
금빛 눈알 반짝반짝 빛을 내누나.	金睛光瞲穴
관청 아이 돌아보며 내가 하는 말	顧謂汝衙童
"길들여 기르되 소홀치 말며,	馴養愼莫忽
깍지에 앉혀 그 위에 서 있게 하고	安韝使騰立
고기 먹여 삼키고 씹게 하여라.	委肉資呑囓
그 녀석 자라길 내가 기다려	吾欲待其長
깊은 울분 터뜨려 얹어 보내리.	幽憤寄所洩
서쪽 숲 올빼미 못되게 울고	西林惡鵃嘯
북쪽 언덕 여우는 굴을 판다네.	北厓妖狐穴
네 발톱 네 부리 힘을 빌려서	借爾爪吻力
일격에 그 털과 피 흩뿌리리라.	一擊灑毛血
그런 뒤 가고픈 데 놓아주리니	然後恣所往
어찌 능히 오래도록 잡아 두리오.	焉能久羈絏

◎ 정민 번역

이 시는 정범조가 60여 세의 나이로 임금에게 충간하였다가 오히려 풍천 부사로 좌천되었을 때 매에게 울분과 복수심을 가탁한 작품으로 관아의 아이에게 양육되고 길들여진 뒤 올빼미와 여우를 사냥하는 매는 조정의 악당을 척살하려는 시인의 분신이다. 정범조는 '탕평책은 외면적이고 형식적인 균용론(均用論)만 취하는 것이어서 사의(私意)가 횡행하여 그 효과를 거두지 못한다고 비판적인 입장을 취하였기' 때문에 당시 집권 세력인 노론과 대립 관계였을 것으로 추정되는데, 이상이 좌절되고 정치적으로 궁지에 빠졌지만 파사현정하려는 결의와 각오를 다지는 그에게서 불의와 타협하거나 강

압에 굴복하지 않는 선비 정신의 귀감과 영웅(英雄) 독립(獨立)의 기상을 보
게 된다.

　그런가 하면 권헌(權攇; 1713~1770)의 〈관노응박치(觀老鷹搏雉)〉에서는 매
의 죽음을 영웅의 비장한 최후로 표현하여 이색적이다.

늙은 매 꿩 쪼면서 낮게 날다 솟구치니	老鷹啄雉低復上
힘센 꿩과 무른 매가 서로 격앙하는도다.	雉健鷹軟相激昂
사냥꾼들 소리치며 기세를 돋우는데	獵人喧呼助其勢
바람 불고 번개치듯 강과 산을 맴도누나.	風激電決繞江嶂
강가라 툭 트여서 꿩 더욱 위태로와	江干曠蕩雉益危
날개 낀 채 동으로 가 달아나다 다시 나네.	挾翼東搶走復飛
백 척을 솟구쳐서 강 속으로 떨어지니	跳起百尺江中墜
매란 놈 제 힘 믿고 가볍게 나꿔챘지.	鷹乃恃力輕攫取
서로 얽혀 부딪더니 강물 속에 잠겼구나.	相與纏迫沈江水
물결도 흉흉하여 순식간에 무너졌네.	江濤浩洶急景頹
늙은 매와 꿩이란 놈 동시에 죽고 마니	老鷹與雉同時死
백발백중 온전턴 공 보람 없게 되었구나.	百中全功誤虛放
약육강식 그 이치를 어이 족히 믿으리오.	弱肉强呑安足恃
날랜 매와 수리라도 구하지는 못하리라.	健鶻盤鵰救不得
강신 하백(河伯)도 이 때문에 성을 내네.	江神河伯爲之怒
아아! 마침내 같이 망함 그 누구의 잘못이리.	嗚呼畢竟偕亡是誰咎
구슬피 강 하늘 바라보니 가을비 흩뿌리네.	悵望江天映秋雨

◎ 정민 번역

약육강식이 자연의 이치라면 마땅히 매가 꿩을 죽여야 하는데, 늙은 매가 힘 센 꿩을 제압하지 못하고 꿩과 함께 죽었으니, 이는 항우, 나폴레옹, 이순신과 같은 천하의 영웅도 시운(時運)이 기울면 좌절할 수밖에 없었던 동서고금의 역사를 떠올리게 하는 사건이다. 꿩 사냥에 실패한 늙은 매 위에 이상과 야망과 신념을 위하여 싸우다가 비장한 최후를 맞이하는 비극적인 영웅상이 중첩되는 것이다. 매와 꿩의 필사적인 대결과 동반죽음은 누구의 잘못도 아니라는 마지막 말에서 약육강식을 자연의 법칙으로 여기는 지배자적 시각을 벗어나 약자의 저항과 생존 투쟁의 정당성도 인정하는 사고의 전환을 드러낸다. 그리하여 매의 영웅적 기상을 일방적으로 찬양하지 않고 ,지나친 노욕(老慾)을 부려서 정당성을 잃은 살생을 하고 자신도 파멸함으로써 신의 분노를 사고 인간의 마음을 침통하게 만들었다고 평가하였다. 영웅주의에 대한 반성이 엿보이는 대목이다.

한편 부정적 인성이 투사된 경우도 있는데, 먼저 강재항(姜再恒; 1689~1756)의 「양응자설(養鷹者說)」에서 매를 기르는 비결을 말하면서 탐욕을 경계하였다.

매는 맹금류다. 하지만 혈맥과 근골은 사람과 다를 바 없다. 몸이 너무 힘들면 고갈되고, 정신을 너무 쓰면 피폐케 된다. 매가 꿩과 어우러지는 것은 크기가 고만고만하다. 힘과 용기도 한가지다. 빙빙 돌다 쫓아 날면 혈맥이 움직인다. 붙들어 잡아 죽이면 근골이 피폐케 된다. 첫 번째 꿩 때는 군세다가도, 두 번째 꿩 때는 힘이 쇠하고, 세 번째 꿩 때는 고갈되어 버린다. 고갈되면 병들고, 병들면 죽는다. 속된 사냥꾼은 경계하지 않고 오히려 더더욱 공을 탐하고 얻음을 뽐내어, 쇠하여도 그치지 않고, 고갈되어도 멈추지 않는다. 네다섯 마리에서 열 마리에 이르기까지 한다. 기량은 더욱 쇠약해지고 기력은 고갈되어 솟아오를 수도 없고, 진퇴조차 할 수 없게 된다. 문득 숲에 처박혀 날개가 부러지고, 바위에 부딪쳐 허리나 다리가 부러진다. 낭패를 보아 고꾸라져 잠깐 사이에 죽고 만다. 나는 꿩 세 마리를 잡으면 매를 놓아 보내지 않는다.

◎ 정민 번역

매 사냥꾼이 공명심에 눈이 멀고 과욕을 부리면 매가 기력이 쇠진하여 사고를 일으키고 심지어는 죽음에 이르므로 자신의 욕심을 절제하여 매를 보호한다고 말하였다. 매 사냥꾼의 탐욕이 매의 탐욕으로 이어지고, 그리하여 마침내 공멸에 이르게 됨을 경계한 것이다. 곧 매 사냥꾼을 통하여 선비의 수신(修身)을 강조하였다.

3. 민요와 시조 속의 매와 매사냥

매사냥은 제왕의 위용만이 아니라 영웅호걸이나 한량의 호기를 과시하는 스포츠로 변모하여 마침내 남자의 으뜸가는 놀이라 해서 첫째가 매[鷹]요, 둘째가 말[馬]이요, 셋째가 첩이라는 말까지 생기었다. 이러한 남성적 풍류로서의 매사냥이 전라도 민요 까투리타령과 남원산성에 적절하게 반영되어 있다.

까투리 한 마리 부두둥 허니 매방울이 떨렁 / 우여우여 허허 까투리 사냥을 나간다.
전라도라 지리산으로 꿩 사냥을 나간다 / 지리산을 넘어 무등산을 지나 나주 금성산을 당도허니 / 까투리 한 마리 부두둥 허니 매방울이 떨렁 / 우여우여 허허 까투리 사냥을 나간다. ⋯후략⋯

　팔도명산을 돌아다니며 꿩사냥을 하는데, 몰이꾼이 꿩을 날리면 수할치가 매를 날리어 꿩을 잡게 하는 사냥법이 "까투리 한 마리 부두둥하니 매방울이 떨렁"하고 긴장감 있고 역동적인 장면으로 표현되었다. 그런데 까투리를 공격하는 매의 용맹성이 기생을 희롱하는 한량의 호기를 은유하거나 남녀의 애정 관계에서 남성적인 매력을 상징한다고 보면, 권마성조(드렁조)로 자진모리장단에 맞추어 빠르고 경쾌하고 기세등등하게 부르는 창법이 노래의 주제와 분위기를 표현하는 데 주효하고 있다.
　이러한 해석은 남원산성이 매사냥을 소재로 하지만 사랑가인 점에서도 뒷받침된다.

　　남원산성 올라가 이화문전 바라보니 / 수지니 날지니 해동청 보라매 떴다 봐라 저 종달새 / 석양은 늘어져 갈매기 울고 능수 버들가지 휘늘어진듸 / 꾀꼬리난 짝을 지어 이 산으로 가면 꾀꼬리 수리루 / 응응 어허야 / 에혜야 듸야 어루 둥가 허허 둥가 둥가 내 사랑이로구나.

　수지니(수진이), 해동청, 보라매가 사냥매이므로 이 노래 또한 매사냥을 소재로 하고 있는데, 하늘 높이 떠 있는 매와 그 매의 사냥감이 되는 새(종달새, 갈매기, 꾀꼬리)의 관계가 남녀 관계를 은유한다. 매가 호기를 지닌 남성을 상징하고, 여성이 매와 같은 남성을 찬양하며 사모하는 것이다. 이러한 내용이 중중모리장단의 육자배기토리로 구성지고 흥겹게 불려진다.
　민요만이 아니라 시조에서도 매사냥이 남성적인 풍류로 형상화되어 있어서 조선 시대 양반들이 매사냥을 즐긴 이유를 알 수 있다.

자[尺] 넘는 보라매를 엊그제 갓 손 떼어

빼깃에 방울 달아 석양에 받아 나오니

장부(丈夫)의 평생(平生) 득의(得意)는 이뿐인가 하노라.

보라매는 생후 일 년이 못된 매를 잡아서 길들이어 사냥에 쓰는 매이고, 빼깃[白羽]은 하늘을 나는 매의 행방을 식별하기 쉽게 두루미나 거위의 흰 깃털 두 개를 꽁지에 달아맨 것을 가리키고, 시치미는 대나무나 우각(牛角)을 얇게 깎아 소유주의 이름과 주소를 쓴 명패로 이 역시 매의 꽁지에 매단다. 위 시조는 한 자 이상 자란 보라매를 완전히 길들이어 빼깃과 시치미를 달아매어 치장을 한 뒤 석양에 토시(깍지)에 얹혀 나오니 대장부로서의 자긍심과 호기를 느낀다는 내용이다.

이 시조의 작자에 대해서는 김창업(1658~1721)이나 김창집(1648~1722)으로 보는데, 김창업은 벼슬을 싫어하고 공명을 멀리하여 농사를 지었지만 풍아원류(風雅源流)와 고금성률(古今聲律)에 통달하고 그림도 잘 그렸다고 하며, 김창집은 김창업의 만형으로 관직에 진출하여 영의정까지 역임하였다. 김창업은 산림처사로 선비의 길을 택한 데 반해서 김창집은 입신양명을 바라고 양반의 길을 걸은 바, 이러한 행적을 놓고 보면 김창업이 초야에 묻혀 살면서 매사냥을 통하여 대장부의 기상을 펼치며 선비의 풍류문화로 즐긴 것 같다.

이와 유사한 시조로 이정보(李鼎輔: 1693~1766)의 작품이 있다.

대장부가 공성신퇴(功成身退) 후에 임천(林泉)에 집을 짓고 만권서(萬卷書) 쌓아두고

종으로 하여금 밭 갈리며 보라매 길들이고 천금(千金) 준구(駿駒) 앞에 메고

몽골에 사는 카자흐족이 매사냥을 한다.

금준(金樽)에 술을 두고 절대가인 곁에 두고 벽오동 거문고에 남풍시(南風詩)
노래하며 태평연월에 취하여 누웠으니
　아마도 평생 할 일이 이뿐인가 하노라.

　보라매를 길들인다는 말은 매사냥을 한다는 뜻인데, 매사냥이 남아 대장
부의 호기 있는 풍류라는 인식을 보인다. 이러한 풍류 의식은 다음 시조에서
도 나타난다.

　임천(林泉)에 초당 짓고 만권서책 쌓아놓고
　오추마 살찌게 먹여 흐르는 물가에 굽 씻겨 세우고 / 보라매 길들이며 / 절
대가인 곁에 두고 / 벽오동 거문고 새 줄 얹어 세워두고 생황 양금 저(젓대) 피

리 일등미색 전후(前後)창부(唱夫) 좌우로 앉아 엇조로 농락(弄樂)할 제

아마도 이목지소호(耳目之所好)와 무궁지지소락(無窮之至所樂)은 나뿐인가.

독서 계급으로서 학문을 위한 서책만이 아니라 남아 대장부의 놀이 문화 세 가지, 곧 말과 매와 첩을 모두 소유하고서 음악을 즐기는 것이 눈과 귀를 즐겁게 하는 지고의 행락이라 하였다.

농경문화가 주류문화인 우리나라에서는 수렵유목문화를 오랑캐의 문화로 경멸하였기 때문에 매사냥을 하고, 매사냥노래는 불렀지만 매춤을 추지는 않았던 것 같다. 그러나 유목민인 몽골인은 나담축제 때 씨름대회에서 우승하면 두 팔을 벌려 독수리가 날개를 펴고 하늘에서 선회하는 장면을 지상에 재현한다. 씨름의 승자와 하늘의 제왕 독수리를 동일시하여 영웅적 기상을 과시하고 승리의 기쁨을 만끽하는 것이다. 실크로드의 타지크족도 하늘의 소리를 내는 피리를 불고 땅의 소리를 내는 북을 두드리면서 매춤을 춘다. 고음과 저음이 조화를 이루는 가운데 하늘에서 지상의 동물을 공격하는 매의 용맹성을 역동적인 춤사위로 표현하는 것이다.

【참고사항】 고려에서 매를 나진(羅陳), 나친(羅親)이라고도 하였는데, 나진이가 날진이로 바뀌었다. 그리고 사냥매를 생포하는 방법은 매의 둥지에서 새끼매를 잡아오든가 그물이나 덫(통방이, 뒤피, 매자지)으로 잡는데, 새끼매를 '수진(手陳)이', 야생매를 '산진(山陳)이'라고 부른다. 보라매는 1년 미만의 참매를 잡아 길들인 것이고, 1년 이상 2년 미만짜리 참매는 초진(初陳)이, 2년 이상짜리는 재진(再陳)이라고 부른다. 한편 중국령 파미르고원 지대에 사는 타지크(Tajik) 족은 매의 날개뼈로 피리를 만들어 불고, 남녀가 매춤[응무(鷹舞)]을 춘다.

참고문헌

고려대학교 민족문화연구소,『한국민속대관 5』, 1982.

김경희,『정서란 무엇인가』, 민음사, 1997.

김광언,『한·일·동시베리아의 사냥: 수렵문화 비교지』, 민속원, 2007.

김광언,『동아시아의 놀이』, 민속원, 2004.

김익원,『철학대사전』, 학원사, 1976.

박진태,『한국탈놀이의 미학』, 태학사, 2014.

심재완 편저,『정본시조대전』, 일조각, 1984.

정 민,『한시 속의 새, 그림 속의 새』, 효형출판, 2003.

정병욱 편저,『시조문학사전』, 신구문화사, 1979.

조삼래·박용순,『하늘의 제왕 맹금과 매사냥』, 공주대학교출판부, 2008.

진 쿠퍼 저, 이윤기 역,『그림으로 보는 세계문화상징사전』, 까치, 1994.

Rita L. Atkinson, Richard C. Atkinson & Ernest R. Hilcard ; 홍대식 번역,

    『심리학개론』, 박영사, 1984.

부록 현대시로 표현한 창의·융합문화

기도(祈禱)

삶의 벼랑 끝에서

죽음의 나락을 내려다보다

끝내 추락을 피하지 못한다 해도

한 송이 물망초(勿忘草)로 피게 하소서.

생명의 불꽃이 꺼지는 순간까지

미생(未生)의 자식들을 위해서

길을 밝히는 등잔불이 될 수 있도록

기름을 후하게 부어 주소서.

울산 반구대 암각화의

벼랑을 기어오르는 호랑이처럼

더 나은 세상에 도전하는

용기를 잃지 않게 힘을 주소서.

마지막 나무가 말라죽은

사막 한 가운데서

고도를 기다리듯이

눈보라 속에 피는 매화(梅花)처럼

다시 오는 봄을 사모(思慕)하게 하소서.

사모곡(思母曲)

눈물을 닦아내도 자꾸만 쏟아지고
한숨을 삼키려도 목이 메어 내뱉는다.
울적한 나의 마음을 달랠 수가 없구나.

눈 감으면 당신 모습 눈을 떠도 당신 생각
떠나신 줄 알았는데 내 곁에 그냥 계시네.
죽어서 부활한단 말 이를 두고 말했을 터.

사진 속 청춘 보고 거울 속 백발 보니
지난날이 그립고 회한도 새록새록
누구나 가야한다면 뒤따라 갈 수밖에

생로(生老)와 병사(病死)를 마음대로 못하니
어버이 남기신 뜻 물려받아 이루어야.
지당한 이치이므로 마음 깊이 다짐하자.

상상이 현실이 되다

상상(想像)이 현실이 되는 순간
현실은
더 이상 현실이 아니다.
현실은
바로 상상.

하늘의 별자리를
어눌하게 손가락으로 짚어
지두화(指頭畵)를 그린 스티븐 호킹은
빅뱅 같은 사랑을 얻고
루게릭병을 앓으면서도
우주물리학자로서 우뚝 일어섰지.

달걀을 품에 안고
암탉의 흉내를 낸 에디슨은
발명의 왕이 되어
99%의 땀을 흘리지 않은
조선의 양반에게
1%의 영감을 주어
전구에 담뱃불을 붙이게 했지.

2018년 6월 28일
러시아 카잔의 아레나경기장에서
추가 시간 6분에 두 골을 넣은
대한민국 태극전사들!
챔피언 독일선수단에게
영패(零敗)의 트로피를 안겨
집으로 정중하게 돌려보냈다.

상상이 현실이 되었다.
불가능이 가능이 되었다.
누가 이들을 바보라 불렀나?
바보라서 꿈을 꾼 것이 아니라
꿈을 꾸어 바보가 안 된 것이다.
바보 아닌 척하는 바보는
꿈도 없고, 열정도 없고, 반전도 없다.
바보로 사는 바보만이
대낮에도 꿈을 꾸고,
상상을 현실로 만드는 법.

바보타령 하던 사람들도
밤새도록 환호하고 격찬하다가
아침이 되어서야 비로소
상상을 꿈꾸기 시작하였다.

상상이 현실이 된 순간

상상은

더 이상 상상이 아니다.

상상은

바로 현실.

불교무용 나비춤—해탈을 상징한다.

나비춤

애벌레야! 애벌레야!
너는 왜 땅바닥만 기어 다니니?
나는 이 꽃 저 꽃 날아다니며
꿀도 따먹고 꽃가루로 분단장(粉丹粧)한다.

나비야! 나비야!
나는 너처럼 나비가 되면
꽃에 올라 꿀만 먹지 않고
도솔천으로 날아가겠다.

해탈을 서원(誓願)한 스님들도 질세라
나비고깔 쓰고 땅에 엎드려
애벌레 몸짓을 하다가,
사부작 일어나 무릎을 굽혔다 폈다
양팔로 나비의 날갯짓하며
수미산으로 너울너울 날아간다.

연꽃을 보면

그대는 진정 아는가?
염화미소의 비밀을.
그대는 진정 아는가?
연꽃의 고통과 희열을.

물 아래 진흙 속에 뿌리박은 연(蓮) –
축축해서 싫어.
어두워서 싫어.
무거워서 싫어.

잎을 키워도
꽃을 피울 수 없는
물속을 벗어나기 위해
물에 젖지 않는 잎사귀를 만들고
물살에 꺾이지 않는 꽃대롱을 만들어
물 밖 세상으로 뛰쳐나왔다.

뿌리를 떠난 잎줄기와 꽃대롱
어둡고 차갑고 무거운 물속을 뚫고
밝고 따뜻하고 가벼운 공기 속으로 나오니,

하늘은 기다린 듯 푸른 웃음으로 반기고,

아침햇살은 볼을 간질이어 잠을 깨우고,

대낮에는 벌과 나비들이 벗하자고 찾아왔다.

석가모니는 무명(無明)의 무리 앞에서

연꽃 한 송이를 보여

가섭으로 미소를 짓게 하였지만,

수천 년 지난 지금

내가 연꽃을 보면,

고향을 떠나

도시로, 서울로 올라와

새 삶의 둥지를

겨우 짓는 이웃들과,

고국을 떠나

이역만리에서 박대 받으면서도

새로운 삶을 꿈꾸는

보트피플의 안쓰러운 얼굴들이

겹겹이 떠올라

마냥 미소만 지을 수 없다.

단군신화

환웅은 환인의 서자라서
하늘나라를 태자에게 양보하지 않았다.
오히려 홍익인간(弘益人間)하려고
일찍이 땅 차지를 결심하였다.

환웅이 태백산 마루에 내려올 때
풍백 운사 우사가 터벌림 한다.
운사가 동해 위에서
둥둥둥 북을 울려
구름송이 뭉게뭉게 피우면,
풍백이 살랑살랑 부채질 하여
구름떼를 몰아 한 데 모으고,
우사가 쿵따따 꿍꿍따 장고를 쳐서
장대비를 후두둑후두둑 떨어뜨린다.

환웅이 신단수 아래에 내려와
비 온 뒤 굳어진 땅바닥에서
맨발로 춤을 추는데,
얼쑤 절쑤 지화자 좋네
쿵더쿵 쿵더쿵 쿵더더더 쿵더쿵
굿거리장단에 맞추어

덧배기춤을 한바탕 춘다.

목에 걸친 청동거울은 번쩍번쩍

왼손에는 방울소리 딸랑딸랑

오른손의 신검(神劍)으로 허공을 찌르며

동으로 갔다 서로 갔다

살금살금 다가가다

한걸음에 내닫는다.

동굴에서 낮잠 자던

곰과 호랑이

난데없는 풍악소리에 화들짝 놀라

흥겨운 춤판 구경하고

신명에 감염되어

주제넘게 질탕하게 어울린다.

환웅이 호탕하게 웃고서

이 못생긴 짐승들아!

다음부턴 나와 함께 춤을 추려면

그 더럽고 무거운 털가죽부터 벗어라.

땀에 젖은 옷을 벗으면서

하얀 웃통을 보여준다.

환웅님! 우리가 어찌해야 합니까?

정녕 소원이라면

마늘과 쑥을 먹고

100일 동안 동굴에서 나오지 마라.

곰은 주술과 금기를 지키고

아리따운 처녀로 변신하여

환웅의 마음을 사로잡아

단군왕검 아들까지 낳았으나,

호랑이는 답답하다 뛰쳐나간 후

낮에는 환웅 만날까 동굴에 숨고,

밤에만 어슬렁어슬렁 돌아다닌다.

챔피언의 숙명

제우스는 어머니의 도움을 받아
형제들과 함께 아버지를 살해한 뒤
하늘과 땅을 차지하였다.
포세이돈은 바다를,
하데스는 지하를 맡았다.

오이디푸스는 아버지를 죽이고
스핑크스의 수수께끼를 풀어
테베의 왕이 되었으나,
눈 먼 장님이 되어
딸 안티고네의 손에 이끌려
유랑하는 신세가 되었다.

햄릿은 왕을 죽이고
아버지의 복수를 하였으나,
어머니와 오필리아를 잃고
독검(毒劍)에 찔려 숨을 거두면서
노르웨이 왕자의 입성을 보아야 했다.

팬들의 환호와 열광 속에서
거만한 챔피언이 링에 오르면

도전자는 패기 있게 뛰어들어

나비처럼 날아

벌처럼 쏘아

기어이 황금벨트를 차지한다.

어디 유럽뿐인가?

이방원은 이성계의 뜻에 맞서서

정도전과 이복형제들 없애고

함흥차사를 보냈다.

사도세자는 소론으로 노론을 치려다

영조의 노염을 사서

뒤주대왕이 되었다.

제주도 괴네깃도는

사냥하는 아버지의 수염을 당기고

작은 어머니의 젖가슴을 더듬어

무쇠함선을 타고 남방으로 항해를 했다.

포악한 아버지의 권위에 도전하여

새 시대를 연 반항아들!

그들은 진정 영웅인가?

아니면 무도(無道)한 패륜아인가?

완고한 아버지의 명에 순종하여

후계자로 인정받는 효자 또한 많았으니,

아브라함은 염소를 제물로 바쳐
이삭을 요구한 여호와를 설득하였고,
순(舜)임금은 불타는 지붕에서 도망을 쳐서
계모의 음모로부터 아버지를 구한 까닭에
요(堯)에게서 왕위를 선양(禪讓)받았다.

유리는 동명성왕 찾아가
단검(斷劍)을 신표로 바치고
태자가 되었다.
유충렬은 역적 정한담을 죽이어
유배 된 아버지를 구출하고
충신이 되었다.

황해도 무녀들은 아직도
신어머니가 신딸에게 단골판을 넘기면서
신관사또가 구관사또로부터
직인(職印)을 양도받는 흉내를 한다.

새 것과 낡은 것의 영원한 갈등!
송구영신(送舊迎新)의 빛과 그늘!
신구교체의 웃음과 눈물!
챔피언이 숙명적으로 가야 할 길이니,
동서고금이 다를 바 없다.
젊은 챔피언이 새 역사를 쓰면

지금도 살아 있는 신화가 된다.

누가 말하였는가?
축구는 인생이라고.
네모진 푸른 잔디밭 위를
데굴데굴 굴러가는 둥근 공.
발끝에서 발끝으로
머리에서 머리로
재빨리 옮아 다니며
사람들을 웃기고 울리는
도깨비장난을 한다.
하지만 어찌하랴?
시합은 22명이 하지만,
이기는 것은 독일이라는
월드컵의 오랜 역사를
태극전사들이 바꾼 날 아침에도
태양은 어김없이
눈부시게 동산 위로 솟아올라
새 챔피언의 시대를 준비하였다.

승희와 혜경이의 꿈

1

아아!
무슨 말을 할 수 있단 말인가?
안심 지하철역
계단을 내려가던 너의 뒷모습
잘 다녀와!
응. 이따 봐.
그것이 마지막 너의 말이 되었구나.
내가 너에게 들려주려고
골백번도 입 속으로 되뇌던
사랑한다는 말을 미처 하기도 전에
마지막 나의 말이 될 줄이야……

왜 그때 뛰어 내려가
열차를 타려던 너를
붙잡지 못했을까.
너와 나
함께 해도 항상 모자라
배고픔으로
목마름으로

우리의 사랑이 한이 없음을

느끼면서

꿈을 이루려

가는 너를 막지 않음이

사랑이라 믿었기에

너를 보냈건만……

아 —

정녕 내가 바보였다.

너의 꿈을 시기하고

우리의 사랑을 질투한

화마(火魔)가 기다리고 있을 줄을

미련하게도 몰랐으니……

내 한 목숨 다할 때까지

이 땅 끝까지 따라가면서

너를 지켜주겠다던 나의

맹세를

헛된 혀놀림으로 만든

화마!

나는 너를 저주한다.

너는 가장 추악한 모습으로

나의 가장 아름다운 사랑을 앗아갔으니,

나의 가장 아름다운 사랑의

가장 소중한 꿈을 앗아갔으니,
너의 사악함이여!

오, 하느님!
아, 나의 사랑아!

그날따라 하늘은 눈부시게 밝아
따사로운 봄을 기약했건만
깊디깊은 땅굴은
어찌 그다지도 어두웠던가?

어둠 속에 숨어서
너를 기다리던
그 악마의 차가운 심장에
뜨겁게 달군 단검을 꽂아
얼음보다 더 싸늘하게
한 줌의 잿더미로 변한
너의 푸른 꿈을
되살릴 수만 있다면……

2

너는 문경 새재를 넘어왔구나.

너는 오륙도(五六島)를 돌아왔구나.

우리의 만남은 그렇게 이루어졌다.

나는 오륙도의 가파른 벼랑에

둥지를 틀고 유리해면의 바다를 쪼아대는

겨울 갈매기의 외동딸

너는 새재의 굽이굽이

황톳길을 넘나들던

등짐장수 후예의

하나뿐인 맏딸

너는 나의 든든한 언니가 되었다.

나는 너의 품에 안긴 동생이 되었다.

그것이 우리의

색다른 우정이었다.

언니, 나 올라왔어.

너 지금 어디니?

그날도 우리는

언제나처럼

이제는 반들반들한 휴대폰 갖고

엄지손가락으로 말하면서

두 눈으로 들으면서

서로를 향해

다가갔다.

중앙로역의 지옥문을 향해 달리는

1080호 지하철 안에서

아 —

그렇게 우리의 꽃다운 만남이

화마와의 만남으로 끝날 줄이야.

언니! 나 무서워.

혜경아! 나를 따라 와.

2003년 2월 18일 9시 55분

화마의 거친 숨소리를 뒷덜미에 느끼며

둘이서 손을 굳게 잡은 채

강의실에서 들려올

10시의 종소리가 들릴 때까지

힘차게 달렸다.

거 누구 없소?

거 누구 없소?

우리의 꿈은

우리말 우리글을 가르치는

국어선생님이에요.

【후기】지난 2003년 2월 18일(화) 대구 지하철 중앙로역에서 발생한 방화살인사건 당일 안심역발 1080호 열차에 탑승하고 있던 대구대학교 사범대학 국어교육과 3학년 학생 정승희 양과 최혜경 양이 사망하였다. 정승희는 사고 당일 경상북도 경산시 진량읍 상림리 하숙집을 남자친구와 같이 버스를 타고 안심역에 도착하여 지하철 입구에서 헤어진 후 지하철열차 1080호에 승차하였고, 최혜경은 부산의 자택에서 출발하여 경부선열차를 타고 대구역까지 와서 지하철열차 1080호로 환승한 상태에서 휴대폰으로 문자메시지를 교신하며 중앙로역에서 같이 하차하여 학원에 갈 예정이었는데, 맞은편에서 오던 1079호에서 발생한 화재가 1080호로 번지는 바람에 탈출하거나 구조되지 못한 채 1080호 열차 안에서 사망하였다.

정승희는 경상북도 문경이 고향이고, 최혜경은 부산에서 올라와 대구대학교에 다니다가 2학년 때 다른 학과에서 국어교육과로 함께 전과하여 서로를 의지하며 남다른 우정관계를 이루었고, 사건사고 당일에도 임용고사 대비를 위해서 같이 시내에 있는 학원에 가던 도중에 참변을 당하였다. 이에 분노와 비통한 마음을 어찌할 수 없어서 두 학생의 명복을 빌고, 국어교육과 학생들과 대구대학교 학생들이 마땅히 두 학생의 학구열과 우정을 귀감으로 삼기를 바라는 마음에서 추도시를 지어서 《대구대신문》 제 632호(2003. 3. 5. 수)에 게재하였었다.

고전시가와 창의·융합문화

초판 1쇄 인쇄   2018년 11월 26일
초판 1쇄 발행   2018년 11월 30일

지은이 | 박진태
펴낸이 | 지현구
펴낸곳 | 태학사
등   록 | 제406-2006-00008호
주   소 | 경기도 파주시 광인사길 223
전   화 | (031)955-7580~1(마케팅부) · 955-7587(편집부)
전   송 | (031)955-0910
전자우편 | thaehak4@chol.com
홈페이지 | www.thaehaksa.com

값은 뒤표지에 있습니다.

ISBN 979-11-6395-003-5 93810